DOMINATA DAI SUOI AMANTI

PROGRAMMA SPOSE INTERSTELLARI®:
LIBRO 1

GRACE GOODWIN

Published by Grace Goodwin as KSA Publishing Consultants, Inc.

Goodwin, Grace
Titolo originale: Mastered by Her Mates

Cover design by KSA Publishing Consultants, Inc.
Images/Photo Credit: Deposit Photos: faestock, sdecoret
Nota dell'editore:
Questo libro è stato scritto per *un pubblico adulto*. Tutte le attività sessuali incluse in questo libro sono strettamente di fantasia e intese per adulti, e non sono né incoraggiate né promosse dall'autore o dall'editore.

ISCRIVITI ALLA NEWSLETTER

Iscriviti alla mia mailing list per essere il primo a sapere di nuove uscite, libri gratuiti, prezzi speciali e altri omaggi di autori.

http://ksapublishers.com/s/bw

1

Amanda Bryant, Centro di elaborazione Spose Interstellari, Terra

TUTTO CIÒ NON POTEVA ESSERE REALE. Ma *sembrava* reale. L'aria calda sulla mia pelle sudata. L'odore penetrante della scopata. Le lenzuola morbide sotto le mie ginocchia. Il corpo marmoreo dietro di me. Ero bendata, la seta rendeva tutto nero come la notte. Ma non avevo bisogno della vista per sapere che un cazzo era conficcato in profondità nella mia fica. Un grosso cazzo ben tornito.

Era reale. *Era reale!*

Ero in ginocchio su un letto, l'uomo dietro di me, mi stava scopando. I suoi fianchi si muovevano, martellando il suo cazzo contro tutte le deliziose terminazioni nervose, le mie pareti interne avvolte attorno a lui. Le sue cosce dure erano dietro di me, un braccio attorno alla mia vita che mi stringeva il seno, ancorandomi sul posto per non farmi muovere. Potevo solo prenderlo mentre me lo spingeva in profondità dentro di me. Non potevo andare da nessuna parte – non che volessi farlo. Perché avrei dovuto voler andarmene. Era *così* piacevole. Il suo cazzo era fantastico mentre mi apriva, mentre mi riempiva.

Non era solo l'uomo dietro di me a farmi perdere la testa. Un secondo uomo – sì, ero con due uomini! – mi baciava scendendo verso il mio ventre. Calde leccate nel mio ombelico e poi giù, sempre più giù...

Quanto tempo ci voleva prima che le sue labbra arrestassero il loro tragitto sul mio clitoride?

Quella piccola protuberanza pulsava e palpitava piena di desiderio. Sbrigati, lingua, sbrigati!

Come poteva tutto ciò essere reale? Come potevano due uomini toccarmi, leccarmi, scoparmi? Eppure, eccoli lì. L'uomo dietro di mi avvolse l'interno coscia con le sue mani forti e mi fece spalancare ancora di più le gambe così che l'altro potesse esplorarmi con le sue mani, la sua lingua... e trovare il mio clitoride.

Finalmente! Spostai i miei fianchi in avanti, volevo di più.

"Stai ferma, compagna. Sappiamo che vuoi venire, ma dovrai aspettare." La voce profonda vicino al mio orecchio respirò quelle calde parole contro il mio collo, proprio mentre muoveva i suoi fianchi, allargandomi tutta con il suo cazzo gigante.

Aspettare? Non potevo aspettare! Ogni volta che il suo cazzo si immergeva a fondo, la lingua sul mio clitoride premeva e poi leccava. Nessuna donna sarebbe potuta sopravvivere a un cazzo combinato con premute e leccate.

Gemetti. Mugugnando, provai a roteare i miei fianchi per godere. Lo adoravo. Li volevo entrambi dentro di me. Volevo disperatamente che mi reclamassero, che mi facessero loro per sempre.

Per un istante la mia mente si ribellò dal momento che non avevo compagni. Non avevo un amante da più di un anno. Non avevo mai avuto due uomini insieme. Non avevo mai desiderato che mi riempissero entrambi i buchi. Chi erano questi uomini? E chi ero io –

La lingua si era allontanata dal mio clitoride e gridai: "No!"

Presto, quella bocca era sul mio capezzolo e sentii che l'uomo davanti a me sorrideva sulla mia pelle morbida. Me lo tirò e me lo succhiò fino a quando non piagnucolai, supplicando per averne ancora. Ero al limite, il mio corpo era sull'orlo dell'orgasmo. Il cazzo che mi riempiva era incredibile, ma non era abbastanza.

Ne avevo bisogno.

"Ancora."

La supplica lasciò le mie labbra prima che potessi controllarmi e un'oscura parte di me si eccitò pensando alla punizione che già sapevo la mia richiesta mi avrebbe procurato. Come facevo a saperlo? Ero così confusa, ma non volevo perder tempo a pensare, volevo solo godere.

Immediatamente una mano mi afferrò i capelli con forza tirandomi la testa all'indietro con una fitta dolorosa. L'uomo dietro di me mi fece voltare verso di lui, stuzzicandomi le labbra con le sue.

"Tu non fai richieste, compagna. Tu ti sottometti." Mi baciò, la sua lingua era un'intrusione forte e dominante nella mia bocca. Spingeva a fondo mentre mi scopava, la sua lingua e il suo cazzo invadevano il mio corpo come fossero un tutt'uno: indietreggiavano fino quasi a uscire e poi si rituffavano dentro, ancora una volta.

L'altro mio compagno – come, compagno? – usava le dita per allargarmi le grandi labbra sempre di più. Mi leccava la clitoride, poi vi soffiava delicatamente mentre il cazzo che mi scopava martellava in profondità, poi quasi smetteva. Leccata. Soffio. Leccata. Soffio. Ero quasi in lacrime, la mia eccitazione era tale da non poter essere contenuta.

"Vi prego, vi prego. *Vi prego.*"

Una piccola lacrima fuggì dall'orlo della mia benda,

bagnandomi la pelle lì dove la mia guancia toccava il mio compagno. Smise subito di baciarmi, la sua lingua calda tracciò il percorso con un rumoroso ruglio. "Ah, implorare. Amiamo quando le nostre compagne ci implorano. Significa che sei pronta."

Quello che mi figuravo inginocchiato di fronte a me, quello che mi torturava con la sua bocca, alla fine mi parlò.

"Accetti la mia rivendicazione, compagna? Ti concedi liberamente a me e al mio secondo o desideri scegliere un altro maschio primario?"

"Accetto la vostra rivendicazione, guerrieri." Giurai, e i miei compagni grugnirono: ormai erano quasi fuori controllo.

"Allora ti reclamiamo con il rito del battesimo. Tu ci appartieni e uccideremo qualunque altro guerriero osi toccarti."

"Che gli dei ti siano testimoni e ti proteggano." Il coro di voci risuonò attorno a noi, e io singhiozzai quando l'uomo in ginocchio davanti a me mi morse l'interno coscia, come in un'oscura promessa di piacere.

"Vieni per noi, compagna. Fa' vedere a tutti come i tuoi compagni ti fanno godere." Il compagno dietro di me emise l'ordine e subito dopo la sua bocca mi distrusse le labbra con un bacio violento.

Un momento... *a tutti* chi? Prima ancora che potessi finire questo pensiero, la bocca dell'altro uomo si strinse con forza sul mio clitoride, succhiando e leccando, spingendomi al limite.

Urlai, ma il suono si perse mentre ondate di estasi si abbattevano su di me. Il mio corpo divenne teso come un arco, solo le pareti della mia fica tremavano stringendo il cazzo che continuava a scoparmi. Era duro, così duro... mentre la lingua che continuava a leccarmi il clitoride era così dolce e gentile.

Il calore sbocciò sulla mia pelle, un bianco acceso sfarfallò dietro le mie palpebre, le mie dita fremettero. Diamine, tutto il corpo mi fremette. Ma i miei compagni non avevano ancora finito con me, non mi lasciarono nemmeno riprendere fiato prima di sfilarmi da quel cazzo enorme e farmi voltare. Sentii il frusciare delle lenzuola, sentii il letto che si muoveva. Fui sollevata sopra di lui. Le sue mani mi si posarono sui fianchi, mi fece abbassare fin sopra il suo cazzo. In un istante, mi aveva riempito di nuovo e mi pompava mentre il mio altro compagno allungava la mano da dietro e mi toccava il clitoride. Ero così eccitata, sensibile, che ero subito sul punto di venire.

Il desiderio cresceva dentro di me, mi irrigidii, trattenni il fiato mentre il fuoco mi percorreva tutta. Stavo per venire un'altra volta. Loro mi stimolavano con semplicità, conoscevano il mio corpo, sapevano come toccarmi, come leccarmi, come succhiarmi. Come scoparmi così perfettamente che tutto quel che dovevo fare era venire. Ancora e ancora. "Sì. Sì. Sì!"

"No."

Quel comando fu come un guinzaglio e il mio orgasmo si inginocchiò, in attesa. Una mano decisa mi schiaffeggiò sul fondoschiena nudo. Risuonò un forte *crack*, si fece sentire come un dolore fulmineo. Per tre volte. Quattro. Quando si fermò, mi investì un calore fastidioso. *Avrei* dovuto odiarlo. Mi aveva sculacciata! Ma no. Al mio corpo traditore piaceva, perché quella sensazione aggiuntiva andò dritta ai miei seni, alla mia clitoride. Sembrava che tutto il mio corpo fosse in fiamme, ne volevo ancora. Volevo i loro comandi. Volevo il loro controllo. Volevo tutto. *Avevo bisogno* che entrambi i miei compagni mi riempissero, mi scopassero, mi reclamassero. Volevo essere loro per sempre.

Mani decise mi afferrarono il culo e mi spalancarono le natiche per il compagno che era dietro di me. Mentre quello disteso sotto di me mi teneva aperta e teneva giù il bacino scopandomi con colpi brevi fino a che non raggiunsi un'euforia beata. La mia fica era così piena... come avrebbe potuto l'altro compagno ficcarmelo nel culo? Come avrebbero potuto reclamarmi senza farmi male? In qualche modo sapevo che mi sarebbe piaciuto. I ricordi del dildo che mi riempiva, mi apriva, mi preparava per questo – quei ricordi mi riassicurarono. Mi era piaciuto avere quel dildo dentro di me, così ero certa che sarei morta di piacere con due cazzi dentro di me.

Il mio bisogno non era solo quello di scopare i miei due compagni insieme. Era di rivendicare quel che mi spettava e far miei questi uomini per sempre. Solo la loro doppia penetrazione avrebbe potuto farlo. *Amavo* questi uomini. Li volevo. Li volevo entrambi.

Il dito del mio compagno mi esplorò il culo vergine, ma sapevo che il suo cazzo ci sarebbe entrato. Entrambi gli uomini erano potenti, dominanti, ma gentili. L'olio per l'accoppiamento che aveva usato per far entrare un dito, e poi un altro, era una vampata ben accolta dal mio corpo. Ansimai mentre il calore delle sue dita mi apriva e si assicurava che fossi pronta per essere reclamata.

Delle braccia mi avvolsero e il compagno sotto di me mi tirò in basso e mi fece appoggiare sul suo petto ampio. Le sue mani mi carezzavano lungo la spina dorsale, su e giù.

"Inarca la schiena. Sì, così." Le dita mi scivolarono via dal culo e, mentre mi sentivo aperta e pronta, mi sentii vuota. Ne *volevo* di più. Il compagno dietro di me continuò: "Quando ficco il mio cazzo dentro questo culetto stretto, sarai nostra per sempre. Tu sei il legame che ci unisce tutti quanti."

La cappella glabra del suo cazzo spinse in avanti, lentamente, riempiendomi al punto che pensai sarei morta di piacere. La pre-eiaculazione sulla punta del suo cazzo scivolò dentro di me infiammandomi le terminazioni nervose, una scossa elettrica che andò dritta al mio clitoride.

Provai a resistere, provai a comportarmi bene, a negare il piacere che si faceva strada dentro di me, ad aspettare per il permesso. Ma non ci riuscii.

Venni con un grido. La mia fica era in preda alle convulsioni. Per poco con la forza dei miei spasmi muscolari non cacciai fuori dal mio corpo il secondo cazzo. Non potevo pensare, respirare, e ogni spinta dei cazzi dei miei compagni mi spingevano più su, finché non venni di nuovo –

"Sì!"

"Signorina Bryant."

La voce della donna sembrava fatta d'aria sottile. Mi riempì la mente con il brivido gelido della realtà. La ignorai, rincorrendo l'estasi che avevo appena provato: ma più provavo a concentrarmi sui miei compagni, più era difficile sentirli. Il loro profumo era scomparso. Scomparso il loro calore. Scomparsi i loro cazzi. Urlai "No!" mentre delle dita fredde e dure mi afferravano la spalla e mi scuotevano.

"Signorina Bryant!"

Nessuno mi aveva mai toccato in quel modo. Nessuno.

Anni di allenamenti di arti marziali vennero a galla e subito provai a roteare il braccio per bloccare l'assalto alla mia spalla. Non volevo che quelle mani fredde mi toccassero. Non volevo che nessuno mi toccasse, soltanto i miei compagni. Quelle mani forti erano così gentili.

Il dolore acuto delle manette che mi tagliavano i polsi mi riportarono alla realtà. Non potevo scacciare quella mano, non potevo colpirla. Ero in trappola. Bloccata. Ammanettata a un qualche tipo di sedia. Senza difese.

Mi guardai attorno sbattendo le palpebre. Provai a orientarmi. Dio, la fica mi pulsava di desiderio, ero esausta. Ero nuda sotto la vestaglia da ospedale, ammanettata a un lettino che pareva più una sedia da dentista che un letto d'ospedale. L'aria mi entrava ed usciva dai polmoni rapidamente e affannosamente mentre provavo a calmare il cuore che mi batteva forte. Il mio clitoride gonfio pulsava. Volevo toccarlo con le dita, finire quel che i due uomini avevano cominciato, ma era impossibile. In manette, tutto quel che potevo fare era stringere i pugni.

Avevo avuto un orgasmo, proprio lì su quella maledetta

sedia, imprigionata e nuda come un fenomeno da baraccone. Ero operativa per l'intelligence da ormai cinque anni. Ero stata assegnata a questa missione perché il mio paese si fidava di me, pensava fossi in grado di mantenere il controllo, di fare quel che era necessario là fuori nello spazio profondo. Che fossi in grado di non cadere a pezzi, di non implorare per un orgasmo dal primo alieno col cazzo duro che mi aveva fatto eccitare così tanto che mi ero scordata come mi chiamavo.

Riconobbi i segnali e seppi che la mia faccia stava diventando di un rosa scuro mentre pensavo non ad un unico dominante, autorevole maschio alfa che mi aveva fatto piangere la fica, che mi aveva fatto implorare. Un amante? Un cenno di normalità? No. Non io. Avevo dovuto rendere le cose interessanti e immaginarmi di scoparne due allo stesso tempo. Dio, mia madre si starà rivoltando nella tomba.

"Signorina Bryant?" Ancora quella voce.

"Sì." Rassegnata, girai la testa e vidi un gruppo di sette donne che mi guardavano con ovvia curiosità. Indossavano delle uniformi grigio scuro con uno strano stemma bordeaux sul seno sinistro. Avevo visto quel simbolo più che abbastanza negli ultimi due mesi: era il simbolo della Coalizione Interstellare, e indicava che quelle erano tutte impiegate del centro di controllo del Programma Spose Interstellari. Custodi, le chiamavano, come se firmare con la Coalizione fosse come finire in carcere. Le donne erano un campionario di razze: nere, bianche, asiatiche, ispaniche. Rappresentavano tutte le razze della terra. Che cazzo di perfezione. Una donna dalla pelle pallida, coi capelli scuri, gli occhi grigi e comprensivi, era quella che mi parlava. Conoscevo il suo nome, ma lei questo non lo sapeva. Sapevo un mucchio di cose che non avrei dovuto sapere.

Mi leccai le labbra e inghiottii. "Sono sveglia."

La mia voce era ruvida, come se avessi appena finito di urlare. Oddio. Mi ero messa veramente a strillare quando ero venuta? Avevo implorato e gemuto con queste stoiche donne che stavano a guardare?

"Eccellente." La custode era sulla trentina, forse di un anno o due più giovane di me. "Io sono la Custode Egara sono a capo dei protocolli Spose Interstellari qui sulla Terra. Il programma di elaborazione indica che l'abbinamento ha avuto successo, ma, siccome tu sei la prima sposa volontaria ad essere abbinata utilizzando i protocolli delle Spose Interstellari, abbiamo bisogno di porti qualche altra domanda."

"Va bene." Inspirai ed espirai profondamente. Il desiderio si dissolveva lentamente, il sudore sulla mia pelle era sparito. Mi venne la pelle d'oca sotto quella forte aria condizionata che lavorava così duramente per scacciare l'afa di Miami in agosto. La sedia era dura e appiccicosa e la vestaglia mi grattava sulla pelle sensibile. Inclinai la testa all'indietro e aspettai.

In base alla promessa degli alieni di "proteggere" la Terra da una supposta minaccia nota come lo Sciame, queste donne umane, ora ritte dinanzi a me, in passato erano state date spose a dei guerrieri alieni, e ora erano vedove che si offrivano volontarie per servire la Coalizione qui sulla Terra.

Oh, e c'erano più di duecentosessanta razze aliene che combattevano nelle forze della Coalizione, ma sostenevano che solo una frazione fosse compatibile per l'accoppiamento con gli umani. Mi sembrava strano. E come facevano a saperlo, dal momento che nessun'umano prima d'ora era mai stato mandato nello spazio?

Le navi della Coalizione erano arrivate un paio di mesi fa, il 4 giugno alle 18:53, un mercoledì. Sì, mi ricordo perfettamente l'ora. Come se potessi scordarmi l'esatto momento in cui scoprii che c'erano davvero degl'altri, "là fuori." Stavo correndo sul tapis-roulant da ventitré minuti quando gli schermi televisivi che ricoprivano le pareti impazzirono tutti insieme. D'improvviso, su ogni canale c'erano navi aliene che atterravano in ogni dove, e dei cazzo di guerrieri alieni, gialli ed enormi, alti più di due metri, con indosso un'armatura mimetica nera, uscirono dalle loro piccole navicelle con l'aria di chi ci aveva già conquistato.

Vabbè. Parlando nella nostra lingua, ci annunciarono di aver già vinto una battaglia nel nostro sistema solare. Quando la prima troupe televisiva andò a intervistarli, richiesero un incontro con tutti i principali leader mondiali. Qualche giorno dopo, a quell'incontro a Parigi, gli alieni non riconobbero la sovranità di nessuna nazione e pretesero che la Terra scegliesse un leader supremo, un Prime, lo chiamavano loro. Un rappresentante per il mondo intero. Le nazioni erano irrilevanti. Le nostre leggi? Irrilevanti. Adesso facevamo parte della loro Coalizione e dovevamo obbedire alle loro leggi.

L'INCONTRO FU TRASMESSO in diretta in tutto il mondo, in ogni lingua e non dalle nostre stazioni televisive qui sulla Terra, ma dal loro controllo della nostra rete satellitare. Leader mondiali arrabbiati e terrorizzati in diretta sulle televisioni internazionali di ogni paese?

Per farla breve, l'incontro non andò bene.

Mi ribollì il sangue a guardarlo. Scoppiarono delle rivolte. La gente era terrorizzata. Il Presidente aveva chiamato la Guardia Nazionale, e tutte le forze di polizia e i vigili del fuoco del paese lavorarono senza sosta per due settimane. Ecco quanto ci volle alla gente per realizzare che gli alieni non volevano farci saltare in aria e prendersi quel che volevano.

Ma poi... questo. Spose. Soldati. Dissero che non volevano il nostro pianeta, dissero che ci stavano proteggendo, ma volevano che i nostri soldati combattessero la loro guerra e che le donne umane sposassero i loro guerrieri. E io ero la stronza, la pazza che si era offerta volontaria come primo sacrificio umano.

Del sesso con degli enormi alieni gialli? Perché era questo

che le spose facevano, fare sesso con i loro compagni. Sì, non un *marito*, ma un *compagno*. Arrivo subito.

Sì, io.

Quel pensiero sarcastico mi fece rabbrividire. Scossi la testa per scacciarlo. Ero in missione, un compito critico. Il pensiero di scoparmi uno di quei giganteschi guerrieri, col petto enorme, la pelle dorata e un'espressione dominante, non avrebbe dovuto eccitarmi. Non sapevo a chi sarei toccata, ma stando a quando trasmettevano in televisione, erano *tutti* enormi. Erano *tutti* dominanti.

Mi eccitava e speravo di trovare almeno un po' di piacere in quella missione. Se non l'avessi fatto, avrei tenuto duro. Ma se ogni tanto avessi potuto cavalcare uno di quei cazzi enormi fino a raggiungere uno di quegli orgasmi che ti intontiscono, sarebbe stato poi così male? Lo avrei considerato come uno dei benefit di questo lavoro. Stavo abbandonando la mia vita, la mia casa, tutto il mio cazzo di pianeta per gli anni a venire. Avere un paio di orgasmi decenti non è chiedere troppo. Giusto?

Avevo speso anni servendo il mio paese ed ero sicura della mia abilità nel gestire qualunque tipo di situazione, di adattarmi a qualsiasi cosa. Ero una sopravvissuta e poi non mi bevevo la loro storia, così come non se l'erano bevuta i miei superiori alle agenzie. Dov'era la prova? Dov'erano le terribili creature dello sciame?

I comandanti della Coalizione mostrarono ai nostri leader dei video che qualunque ragazzino delle superiori avrebbe potuto creare con il software giusto. Nessuno sulla terra aveva mai visto un guerriero dello Sciame in carne e ossa e i comandanti della Coalizione si rifiutarono di donarci la tecnologia e le armi che cui avremmo potuto difenderci da tale minaccia mortale.

Io? Io ero sempre stata una scettica, una estremamente pragmatica. Se c'era da fare qualcosa per proteggere il mio paese, lo facevo. Mi preoccupavo delle solite cose: terrorismo, riscaldamento globale, trafficanti di armi, spaccio di droga, hackers internazionali che si impossessavano dei nostri sistemi energetici o bancari. E ora? Alieni. Non riuscivo ancora a capacitarmene, nonostante avessi guardato ore di video e interviste con quei grossi comandanti dorati che venivano da un pianeta chiamato Prillon Prime. Dei bestioni sexy di due metri.

Quindi... una. Avevo visto *una* razza aliena, una su centinaia. Persino le persone del centro di elaborazione, queste Custodi, erano esseri umani a cui con ogni probabilità avevano fatto il lavaggio del cervello.

Per essere il primo contatto, i guerrieri Prillon non erano stati granché convincenti. Uno si aspetterebbe una strategia propagandistica migliore. O quello, oppure non gliene importava un cazzo di quel che pensavamo perché stavano effettivamente dicendo la verità e una razza di alieni aggressivi e cattivi lungo le linee di Borg, come in Star Trek, stava aspettando di distruggere la vita sulla Terra.

Io propendevo per la teoria numero uno, ma certo non potevamo eliminare la teoria numero due. La Terra non voleva essere *assimilata*.

Il mio lavoro? Trovare la verità. E l'unico modo per farlo era di andare nello spazio. Non stavano ancora reclutando soldati, quindi presi l'altra strada. Che fortuna. Il Programma Spose Interstellari.

Non mi ero immaginata così il mio grande giorno. No, io volevo il solito, un vestito che costava un occhio della testa, fiori, musica smielata suonata da arpe e un gruppetto di familiari tra i banchi che non vedevo da dieci anni e che facevo mangiare spendendo una fortuna.

A proposito di matrimoni, come diamine aveva fatto la donna di fronte a me a esser stata sposata agli alieni fino a un paio di mesi fa, quando l'umanità non sapeva nemmeno che gli alieni esistevano?

"Come ti senti?" mi chiese la Custode Egara. Capii che ero rimasta con lo sguardo perso nel vuoto per almeno un paio di minuti mentre i pensieri mi si rincorrevano dentro la testa.

"Senti?" ripetei.

Veramente? Mi ci volle un momento per prendere atto del mio corpo. La fica mi gocciolava e la vestaglia sgualcita sotto di me era fradicia. Il clitoride mi pulsava a tempo col battito cardiaco, avevo appena avuto due dei più intensi orgasmi di tutta la mia vita. Era un bel giorno per essere una spia.

"Come ben sai, sei la prima donna umana che si offre volontaria per il Programma Spose Interstellari e quindi siamo curiosi di sapere cosa hai provato durante la procedura."

"Che sono, un porcellino d'India?"

Sorrisero tutte, ma era chiaro che la Custode Egara fosse l'unica a poter parlare. "In un certo senso, sì. Per favore dicci come ti senti dopo il test."

"Mi sento bene."

Con lo sguardo passai in rassegna le loro espressioni oneste, ma quella donna, quella con i capelli scuri che mi aveva svegliato dal mio sogno, la Custode Egara, si schiarì la gola.

"Durante la, ehm, simulazione –"

Ah, quindi era così che la chiamavano.

"- hai vissuto il sogno come testimone in terza persona? O ti è sembrato che fossi tu, come dire, lì, per davvero?"

Sospirai. Che altro potevo fare? Mi *sentivo* come se avessi appena fatto dell'incredibile sesso selvaggio con due enormi guerrieri alieni... e mi era piaciuto da impazzire. "Ero lì. È successo a me."

"Quindi ti sei sentita come se fossi tu la sposa? Che il tuo compagno stesse reclamando proprio te?"

Reclamando? Quello era ben più che reclamare. Quello... era... wow.

"Compagni. E sì." Diamine. Il calore mi risalì per il collo e mi fece arrossire le guance un'altra volta. Compagni? Al plurale. Perché lo avevo ammesso?

Le spalle della Custode Egara si rilassarono. "Due compagni? Giusto?"

"È quello che ho detto."

La Custode Egara applaudì e vidi che il suo viso si fece allegro e rilassato. "Eccellente! Eri stata abbinata a Prillon Prime, quindi ogni cosa sta funzionando nel verso giusto."

Grossi guerrieri dorati come quelli visti in televisione, tutti per me? Eccome. E che fortuna che non m'avessero abbinata a una delle *altre* razze. Non potei fare a meno di chiedermi se le altre razze esistevano per davvero.

La Custode si rivolse a una delle altre donne. "Custode Gomes, per piacere potresti informare la Coalizione che il protocollo è stato integrato nella popolazione umana e che sembra funzionare alla perfezione. Dovremmo essere in grado di avviare le procedure per le spose volontarie in tutti e sette i centri nel giro di poche settimane."

"Certo, Custode Egara. Sarà fatto," rispose la Custode Gomes con un forte accento portoghese. "Non vedo l'ora di tornare a Rio per rivedere la mia famiglia."

La Custode Egara sospirò allegra e si allontanò per prendere un tablet dal tavolo in fondo alla stanza. Poi tornò da me. "Ottimo. Dal momento che sei la prima donna nel Programma Spose Interstellari, spero avrai un po' di pazienza mentre sbrighiamo il protocollo."

Sorrise. Il suo viso era radiante, come se fosse eccitata all'idea di mandarmi su di un altro pianeta per sposare un alieno che non avevo mai visto prima. *Davvero* tutte queste donne erano state sposate a degli alieni? Perché erano loro a fare le domande? Volevo saperne di più. Fino a un paio di mesi fa, gli alieni erano solo i piccoli omini verdi dei film, oppure delle disgustose cose coi tentacoli che o ci davano la caccia, o ci depositavano delle larve nel petto e ce lo facevano esplodere.

Bleah. Ho visto troppi film di fantascienza. E ora che mi ero terrorizzata per bene, decisi che era il momento buono per fermarsi. "Uhm... devo parlare con mio padre prima di continuare. Sarà preoccupato."

"Oh, certo!" Indietreggiò e abbassò il tablet tenendolo all'altezza del fianco. "Dovresti salutare tutti, Amanda. Una volta che cominciamo con il protocollo, avvieremo le procedure e sarai trasportata immediatamente."

"Oggi? Adesso?" Oh, diamine. Non ero pronta *adesso*.

Annuì. "Sì, adesso. Vado a chiamare la tua famiglia." Mi lasciò da sola, le altre donne fluirono uscendo dietro di lei. Fissai il soffitto, stringendo e rilassando i pugni, provando a restare calma.

Mio padre? Beh, non esattamente. Non eravamo parenti, ma le Custodi questo non lo sapevano. Non tornavo a casa a New York da ormai due mesi. Casa? Più che altro era un appartamento dove dormivo quando non ero in missione. Il che era... praticamente mai. Ma, ehi, almeno non ne sentivo la mancanza.

Il mio capo mi aveva chiamata durante gli unici tre giorni di riposo negli ultimi tre mesi, mi aveva fatto volare direttamente da New York al Pentagono per due mesi di aggiornamento intensivo e di preparazione. Quando atterrai a Miami, vennero a prendermi con una limousine. Avrei dovuto saperlo che non sarei tornata a casa prima che partissero tutte le procedure. Diamine, lo sapevo *eccome*, ma in un qualche angolo sparuto del mio cuore speravo ancora che tutto fosse solo un enorme, stupido scherzo.

Non era così, e io non potevo farci niente. Non era che si poteva dire di no alla Compagnia. Il mio non era tipo di lavoro dal quale puoi semplicemente dimetterti. Non era la mafia, ma nemmeno una spia rassegna le dimensioni per fare la maestra d'asilo. C'era sempre una nuova missione. Un lavoro. Una nuova minaccia, un nuovo nemico.

Ma mandarmi nello spazio come sposa aliena? Questa era fuori da ogni schema, persino per loro. Eppure, sapevo perché mi avevano scelta. Parlavo fluentemente cinque lingue, ero stata operativa come agente per cinque anni e, cosa più importante, ero single, senza legami familiari né nient'altro da perdere. I miei genitori erano morti ed ero una donna. Sembrava che gli alieni volessero solo spose donne, e mi chiesi se per caso qualcuno di loro fosse gay. I guerrieri gay richiedevano delle mogli? Oppure si accontentavano di qualche scappatella con i loro compagni guerrieri?

Così tante domande senza risposta. Ecco perché avevano bisogno di me.

Porcellino d'India? Agnello sacrificale? Sì. Un quadro abbastanza fedele.

La porta pesante si spalancò e il mio capo entrò seguito da un uomo che riconobbi ma che conoscevo a malapena. Indossavano entrambi dei completi blu con camicie bianche, uno aveva una cravatta gialla, l'altro una di cachemire. I loro capelli, tagliati corti come i militari, si stavano ingrigendo all'altezza delle tempie. Erano uomini ordinari, uomini che non noteresti mai passandogli vicino sul marciapiede, a meno che non li fissassi negl'occhi. Erano due degli uomini più pericolosi che conoscevo, e col mio tipo di lavoro ne conoscevo parecchi. Erano stati scelti dal Presidente per fare qualunque cosa fosse necessaria per accertare la verità riguardo questa minaccia aliena.

Apparentemente non ero l'unica che non si era bevuta la stronzata – *siamo qui per salvarvi, dateci i vostri guerrieri e le vostre donne* – che questi alieni ci propinavano. Nessun governo sulla terra era soddisfatto e gli Stati Uniti e i loro alleati erano determinati a scoprire la verità. E, con la mia etnia mista – mio padre era irlandese e mezzo nero, mia madre era mezza asiatica – erano tutti d'accordo sul fatto che rappresentassi un bel pezzo di umanità. Mi avevano chiesto loro di offrirmi volontaria per la missione.

CHE FORTUNA.

"Amanda."

"Robert." Annuii all'uomo silenzioso alla sua destra e non pensavo nemmeno di sapere quale fosse il suo vero nome. "Allen."

Robert si schiarì la gola. "Come sono andate le procedure?"

"Sono andate bene. La Custode Egara dice che sono stata abbinata a Prillon Prime."

Allen annuì. "Perfetto. I guerrieri Prillon sono in comando dell'intera Flotta della Coalizione. Siamo anche stati informati che tengono le loro spose assieme a loro sulle navi da battaglia, nella prima linea di questa supposta guerra. Dovresti avere accesso alle armi, alle informazioni tattiche e alle loro tecnologie più avanzate."

Perfetto. Due settimane fa, quando ho accettato la missione, sarei stata eccitata. Ma ora? Il mio cuore batteva un po' troppo veloce quando pensavo che quel che *volevo* realmente era accesso illimitato ai corpi sexy di due guerrieri alieni dominanti...

Robert incrociò le braccia e mi fissò provando a metter su la sua protettiva faccia paterna. Ho scoperto questo trucco anni fa, ma feci finta di niente mentre lui proseguiva. "Il Programma Spose è attivo, ma loro non sembrano pronti ad avviare le procedure per i soldati. Laggiù non finiranno i test prima di qualche giorno. Quando avranno finito, invieremo due dei nostri uomini per farli infiltrare nell'unità e assisterti durante la missione. Gli uomini sono stati già selezionati. Sono bravi soldati, Amanda. Completamente neri."

"Capisco." Ed era così. *Neri*, come quelle operazioni così critiche per la sicurezza nazionale che ufficialmente non esistono. Stavano mandando dei super soldati per coprire tutte le basi. Io nel letto del nemico, i soldati nelle loro unità militari.

"In un modo o nell'altro, scopri fino a che punto la minaccia dello Sciame è reale, inviaci armi e schemi ingegneristici dalle loro navi e qualunque altra cosa riesci ad arraffare." Conoscevo i miei ordini, ma Robert non esitò a ripeterli un'ultima volta.

Con magnanimità, gli alieni avevano offerto alla Terra protezione dallo Sciame, ma si erano rifiutati più volte di condividere con noi la loro artiglieria avanzata o la loro tecnologia per il trasporto. I governi della Terra non erano contenti. Niente è peggio di essere in cima al mondo, di essere una superpotenza per decadi, per poi essere rimandato con la coda tra le gambe in fondo all'autobus. Ormai non c'eravamo soltanto *noi*, gli umani. C'era un intero universo di pianeti e razze e culture... e nemici.

Robert sollevò il braccio per strizzarmi la spalla. "Contiamo su di te. Il mondo intero conta su di te."

"Lo so, signore." Niente pressioni, eh? "Non vi deluderò."

La Custode Egara scelse proprio quell'istante per ritornare, il suo sorriso luminoso e il suo allegro atteggiamento un po' troppo scintillante. Non ero sicura di cosa pensasse dei miei due visitatori ma, qualunque cosa fosse, non era per niente soddisfatta.

"Quindi... è pronta, signorina Bryant?"

"Sì."

"Se volete scusarci, signori." Quando i due in giacca furono usciti, Custode Egara si voltò verso di me, il tablet in grembo e il sorriso genuino. "Va tutto bene? Lo so, può essere dura dover lasciare la propria famiglia."

"Oh, uhm... sì. Tutto bene. Non è che siamo così... intimi."

La Custode mi studiò con attenzione per un momento. Di sicuro si accorse che non avevo legami affettivi. Poi continuò: "Okay. Quindi, per cominciare il protocollo – per il verbale, dì il tuo nome, per favore."

"Amanda Bryant."

"Signorina Bryant, sei o sei mai stata sposata?"

"No." Fidanzata, una volta, ma tutto era finito la notte in cui avevo rivelato al mio fidanzato quel che facevo per vivere. Non avrei dovuto dirgli che ero una spia, quindi la colpa è mia...

"Ha figli?"

"No."

Toccò lo schermo un po' di volte senza guardarmi. "Sono tenuta a informarle, signorina Bryant, che avrà trenta giorni per accettare o rifiutare il compagno scelto per lei dal protocollo di abbinamento del Programma Spose Interstellari."

"Va bene. E cosa succede se rifiuto l'abbinamento? Verrò rispedita sulla Terra?"

"Oh, no. Non ci sarà alcun ritorno sulla Terra. Al momento, lei non è più una cittadina terrestre."

"Un momento. Cosa?" Non mi piaceva come suonava. Non tornare mai? Mai? Avevo pensato che sarei tornata dopo un anno o due, che mi sarei sistemata su una spiaggia sabbiosa a bere piña colada per qualche anno. Adesso non potevo più tornare a casa? La mia cittadinanza era stata revocata? Ma lo *potevano* fare?

D'improvviso cominciai a tremare e non per l'eccitazione, ma di terrore. Nessuno dell'ufficio mi aveva detto che non sarei potuta tornare indietro. Loro lo sapevano per forza. Dio, dopo cinque anni di servizio, mi mandavano nello spazio profondo, così, come... una qualche specie di nobile sacrificio? Quegli stronzi dell'agenzia all'occorrenza si erano dimenticati di menzionare questo piccolo dettaglio.

"Lei, signorina Bryant, è ora una sposa guerriera di Prillon Prime, soggetta alle leggi, agli usi e alla protezione di quel pianeta. Se il suo compagno è inaccettabile, può richiederne un altro dopo trenta giorni. Potrà continuare il processo di accoppiamento su Prillon Prime fino a quando non avrà trovato un compagno che le si confaccia."

Diedi uno strattone alle manette sul tavolo, la mente mi correva a mille chilometri all'ora. Potevo scappare? Potevo cambiare idea? Per sempre? Non tornare mai? L'evidenza di lasciare la Terra per sempre mi premette sul petto fino a che non potei più respirare. La stanza cominciò a ruotare.

"Signorina Bryant – O Signore." La mano della Custode Egara svolazzò sul tablet per qualche secondo prima che lo poggiasse sul tavolo dietro di lei. "Andrà tutto bene, tesoro. Te lo prometto."

Lo prometto? Aveva promesso che sarebbe andato tutto bene dopo che essere stata spedita nello spazio profondo... per non tornare mai più?

Il muro dietro di me si accese di una strana luce blu. Mi concentrai per riempirmi i polmoni di aria fresca. Non ero mai andata nel panico. Mai. Non era proprio da me.

Ma poi, nemmeno mi era mai capitato di avere degli orgasmi multipli su una cazzo di sedia da laboratorio. E non avevo mai e poi mai fantasticato sul fare l'amore con due uomini allo stesso tempo. Mi avevano fatta sentire come non mi ero mai sentita sulla Terra. Sarebbe stato così? I miei uomini mi avrebbero fatto sentire in quel modo?

Le calde dita della Custode mi avvolsero gentili il polso. Aprii gl'occhi e vidi che la sua faccia preoccupata mi gravitava vicino. Mi sorrise come un'insegnate di scuola materna sorride a uno spaventato quattrenne il primo giorno di scuola.

"Non preoccuparti. La vostra affinità è del novantanove per cento. Il tuo compagno sarà perfetto per te, e tu per lui. Il sistema funziona. Quando ti sveglierai, sarai la sua compagna. Si prenderà cura lui di te. Sarai felice, Amanda. Te lo prometto."

"Ma –"

"Quando ti sveglierai, Amanda Bryant, il tuo corpo sarà

stato preparato per i riti di accoppiamento di Prillon Prime e per le richieste del tuo compagno. Ti starà aspettando." La sua voce si era fatta più formale, come se stesse recitando l'ennesimo protocollo a memoria.

"Aspetta! Io-," La mia voce si bloccò quando due enormi bracci metallici con degli aghi enormi alle estremità furono indirizzati ai lati della mia faccia. "Cos'è questo?" Sapevo di sembrare nel panico, non potevo farci nulla. Non avevo bisogno di aghi.

"Non preoccuparti, cara. Inseriranno i neuroprocessori che si integreranno con i centri del linguaggio nel tuo cervello, permettendoti si parlare e comprendere qualsiasi lingua."

Ok. Porca puttana, credo fossero sul punto di impiantarmi qualche tecnologia avanzata. Rimasi completamente immobile mentre i due aghi mi foravano le tempie, appena sopra le orecchie.

Se tutto quanto fosse fallito, sarei tornata a casa e Robert mi avrebbe tolto dalla testa quei maledetti chip, o quello che erano. La cosa triste era che sapevo che l'avrebbe fatto.

Ma cosa sarebbe successo se non fossi mai tornata indietro? E se gli alieni stavano dicendo la verità? E se mi fossi innamorata del mio compagno...?

La mia sedia scivolò dentro una piccola nicchia e fui deposta, con sedia e tutto, dentro un tubo caldo e rilassante con della strana acqua blu. "La procedura avrà in inizio in tre... due... uno."

2

*C*omandante Grigg Zakar, Flotta della Coalizione, Settore 17

LA NAVE da ricognizione dello Sciame mi sfrecciò accanto, a un centimetro dalla punta della mia ala destra, e la lasciai andar via, dal momento che a preoccuparmi davvero era l'enorme incrociatore armato fino ai denti che avevo davanti.

"Nave madre dello Sciame a tiro. Mi avvicino." Informai l'equipaggio a bordo della Corazzata Zakar, la mia corazzata, così che potessero coordinare il resto della battaglia attorno al mio attacco.

"Non fare niente di stupido, questa volta." Il tono secco nel mio orecchio apparteneva al mio migliore amico, il migliore tra gli esperti di questo settore, Conrav Zakar. Rav – era sempre stato Rav per me – era anche mio cugino. Combattevamo assieme da più di dieci anni ed eravamo amici da molto più tempo.

L'angolo della bocca mi si increspò in un sorriso, non

potevo farci niente. Persino nel mezzo della battaglia, quello stronzo mi faceva divertire.

"Se lo faccio, tieniti pronto a rattopparmi."

"Uno di questi giorni ti lascio morire dissanguato." Ridacchiò e il mio sorriso si allargò in un ghigno dietro la visiera trasparente del mio elmetto da pilota.

"Nah, non lo farai." Scossi la testa di fronte all'umorismo malato di quel bastardo e mirai a quella che sapevo essere una giuntura debole della nave dello Sciame. Sparai con il cannone sonar sperando di distruggere in mille pezzi quello stronzo. Alla mia destra, volando in formazione da battaglia, due dei miei piloti dello stormo spararono all'unisono con i cannoni ionici. Il bagliore dell'attacco era accecante.

Un'esultanza esplose nei miei auricolari quando la nave dello Sciame si disintegrò davanti ai miei occhi. C'erano poche altre navi da ricognizione che dovevamo inseguire e far fuori, ma in questo sistema solare non avrei più perso navi cargo o stazioni di trasporto. Almeno non per un po', e certo non finché ci sarei stato io.

"Bel lavoro, Comandante." Potevo udire il sorriso nella voce di Rav. "Adesso riporta il culo sulla nave, qui dove dovrebbe stare."

"Io appartengo allo spazio aperto, combatto con i guerrieri."

"Non più." La voce del mio comandante in seconda, il Capitano Trist, mi rimbombò nella testa. Non si sforzò per niente di mascherare il suo disappunto.

Cazzo. Era un tale precisino che aveva l'intero manuale ficcato su per il culo.

"Se rimanessi sul ponte di comando per tutto il tempo, ti annoieresti a morte, Trist."

"Prende troppi rischi, Comandante. Rischi che non dovrebbe prendere affatto. Lei è responsabile di almeno cinquemila guerrieri, e delle loro spose e dei loro figli."

"Beh, Capitano, se muoio oggi, saranno comunque in buone mani."

"No. Imploreranno il Generale Zakar di avere pietà," rispose Rav.

"Annotato. Ritorno alla nave adesso." Se mi uccidessero, o peggio mi catturassero e fossi contaminato dallo Sciame, mio padre, il Generale Zakar, verrebbe qui fuori a prendere di persona il comando della *Corazzata Zakar*. Magari io ero un po' avventuroso, ma mio padre era crudele e spietato. Se fosse tornato in servizio, la conta dei morti su entrambi i fronti sarebbe raddoppiata o triplicata.

Avevamo lavorato duramente per contenere lo Sciame, per prevenire che si espandesse in questo settore spaziale. Mio padre avrebbe provato a sconfiggerli, a rispedirli da dove erano venuti. La risposta dello Sciame sarebbe stata di mandare più soldati, più ricognitori. Le cose sarebbero presto degenerate, riportandoci alla situazione di un tempo. Eravamo riusciti a dividerli in vari settori dello spazio, assottigliando le loro linee mentre lentamente li indebolivamo negandogli corpi da assimilare. L'aggressione di mio padre avrebbe spazzato via anni di attenta strategia della Coalizione, anni di pianificazione e duro lavoro.

Mio padre era troppo arrogante e testardo, non sentiva ragioni. Lo era sempre stato.

Avevo due fratelli più giovani, ed entrambi si stavano ancora addestrando sul nostro pianeta natale, Prillon Prime. Erano di una decina di anni più giovani di me, e per niente pronti alla battaglia. La mia morte avrebbe costretto mio padre a dimettersi da consigliere di Prime, a ritornare in servizio qua fuori, in prima linea. L'alternativa, di ritirare il nome degli Zakar, riassegnare la nostra corazzata a un altro clan di guerrieri, era inaccettabile. Questa portaerei portava il nome degli Zakar da oltre seicento anni.

Trist avrebbe odiato il dover perdere il comando e questo

non sarebbe piaciuto nemmeno all'equipaggio della mia nave perché... beh, il generale non piaceva a nessuno. Tutto ciò mi diceva che dovevo rimanere in vita. Forse non ero dolce e affabile, ma facevo il mio cazzo di lavoro.

In quanto comandante, non era mio compito pilotare durante le missioni di combattimento. Ma sedere nella mia sedia da comandante, urlare ordini e guardare altri guerrieri morire al mio posto: non era proprio la mia idea di onore. Se avessi saputo quanto fosse difficile, avrei rinunciato al ruolo di comando. Ero il comandante più giovane dell'ultimo secolo e, secondo molti, anche il più spericolato. I generali più anziani mi avevano etichettato come ribelle. Ma non capivano. Avevo bisogno di combattere. Avevo bisogno dell'adrenalina. A volte, non avevo voglia di pensare, volevo solo combattere... o scopare. E, dal momento che non avevo nessuna compagna, il combattimento soddisfaceva la furia irrequieta che avevo dentro. E ora, con il successo della missione, avrei dovuto sentirmi appagato. *Alleviato*. Non era così. Ero lontano dall'esserlo.

Forse una calda femmina vogliosa dalla pelle morbida e la fica bagnata avrebbe potuto indurmi a lasciar perdere le battaglie.

Erano settimane che i ricognitori dello Sciame si infiltravano nel nostro spazio, mandando squadre da tre e sei uomini, sgattaiolando oltre i nostri perimetri difensivi per circondare e attaccare i commutatori e le navi cargo. Per farla breve, mi stavano facendo fare una pessima figura a casa.

Ogni maledetta notte ricevevo una comunicazione da parte di mio padre *dopo* che aveva letto i resoconti giornalieri dell'intelligence. Mi diceva che era stanco di vedere il mio settore perdere terreno in battaglia. Fanculo.

Se quel rigido bastardo mi avesse cercato stanotte, sarebbe stato meglio fosse stato per congratularsi con me per aver riconquistato questa sezione di spazio.

Il mio sguardo si spostò sul monitor alla mia sinistra mentre col mio piccolo incrociatore mi dirigevo verso la corazzata, verso casa. Eh già, quella massiccia corazzata metallica era casa. Le piccole esplosioni sullo schermo e le grida di esultanza nelle mie orecchie mi assicurarono che le navi dello Sciame erano state rintracciate e distrutte.

Ordinai al Settimo Stormo di ritornare assieme a me mentre gli altri due stormi continuavano a rintracciare ed eliminare il resto dei nostri nemici. Fare prigionieri non era contemplato. Una volta che lo Sciame aveva preso un uomo, non lo rivedevamo più. Quelli che sopravvivevano al Centro di Integrazione dello Sciame erano persi per sempre, spediti nella Colonia a vivere i loro ultimi giorni come guerrieri contaminati, morti per tutti noi.

No, preferivo non fare prigionieri. La morte era una gentilezza che ero più che disposto a concedere.

"Comandante, attento!" L'avvertimento mi giunse non appena gli allarmi di prossimità sul mio incrociatore si misero a suonare. Feci a malapena in tempo a notare quel rumore assordante che subito la nave mi fu strappata da sotto i piedi.

La nave esplose in un lampo accecante. Il mio corpo fu scagliato nell'oscurità dello spazio, la tuta spaziale ch'avevo indosso era l'unica cosa a tenermi in vita. L'intensità dell'esplosione, la forza della mia espulsione nello spazio profondo erano peggio di ogni colpo di frusta, peggio di ogni galoppata selvaggia.

"Comandante? Può sentirmi?"

Roteavo troppo veloce per potermi orientare, troppo veloce per rintracciare la grossa stella arancio-rossa che ancorava questo sistema solare. Non c'era modo di riprendere il controllo. Di fermarmi. La pressione sui miei organi era dolorosa e faticavo a respirare. Gemetti cercando di rimanere sveglio.

"Tiratelo fuori di lì!"

"Un'altra nave!"

Persi il conto delle voci quando un'esplosione di luce e calore mi investì da sinistra. Sfrecciarono i detriti viaggiando più veloci di quanto i miei occhi potessero vedere, il tutto mentre la nave dello Sciame esplodeva attorno a me.

Un dolore lancinante, acuto, mi eruttò nel fianco. Digrignai i denti mentre la mia tuta perdeva pressione con un sibilo e l'aria preziosa mi raffreddava il sangue. Il sistema di auto-riparazione della tuta cominciò a lavorare immediatamente per chiudere lo squarcio, per mantenere i segnali vitali stabili. Ma temevo non stesse lavorando abbastanza in fretta.

Roteavo ancora. Chiusi gl'occhi e provai a bloccare tutto tranne il fuoco rapido di voci che avevo nell'elmetto. Mi venne la nausea e la bile mi inondò la gola.

"È stato colpito, Capitano. La sua tuta sta perdendo integrità."

"Quanto tempo abbiamo?"

"Meno di un minuto."

"Trasporto, potete agganciarlo?" chiese Trisk.

"No, signore. L'esplosione ha danneggiato il suo segnale di posizione."

"Chi gli è vicino? Capitano Wyle, qual è il suo stato?"

"Rilevati sei nuovi incrociatori dello Sciame, si dirigono dritti su di lui."

"Tagliateli fuori." Era Trist.

"Ci pensiamo noi," disse il Capitano Wyle.

"No." Mugugnai mentre Wyle ordinava al Quarto Stormo una sortita suicida verso i combattenti Hive che si avvicinavano.

"Dannazione! Portatelo fuori di lì! Ora!" Mi faceva male la testa per le grida di Trist.

Gli allarmi di avvertimento dei miei sensori corporei suonavano, cazzo come se non lo sapessi che la mia pressione sanguigna era pericolosamente alta e il battito cardiaco era troppo veloce.

"Fatemi prendere un incrociatore medico." Era Rav.

"Non c'è tempo. Wyle, usa un raggio trasportatore."

"La sua tuta si potrebbe disintegrare per il troppo stress." Era ancora Rav.

"O quello, o lasciamo che lo Sciame lo prenda," disse Trist.

Allora decisi di intervenire. "Fanculo," sibilai. "Wyle, fallo." Preferivo esplodere in un milione di pezzetti piuttosto che finire a far parte nel collettivo cyborg dello sciame.

"Sì, signore."

L'energia del raggio trasportatore del Capitano Wyle mi colpì come un mattone, la forza mi fece sbattere la fronte contro l'elmetto. Pesantemente.

Le stelle mi danzavano di fronte agl'occhi e non potevo non urlare in agonia mentre sembrava che la mia gamba sinistra venisse strappata all'altezza del ginocchio. Le esplosioni risuonavano tutt'attorno. Mi misi a contarle per non perdere conoscenza.

Non appena arrivai a cinque, si fece tutto nero.

———

Dottor Conrav Zakar, Corazzata Zakar, Stazione Medica

"È morto?" La voce del nuovo ufficiale medico tremava. Non ebbi il tempo di chiedergli come si chiamasse, né m'importava.

"Chiudi quella cazzo di bocca e aiutami a tirarlo fuori dalla tuta." La tuta di volo standard della Coalizione era fatta di un'armatura nera pressoché indistruttibile, prodotta dai generatori di materia della nostra nave, o GM, come li chiamavamo noi. Usai uno scalpello laser per tagliare una manica prima che un altro suggerimento del giovane ufficiale mi riportasse alla realtà.

"Perché non lo posizioniamo sul pad del GM e chiediamo alla nave di liberarlo?"

Un Genio. Ma questo non voleva dire che dovevo farmi piacere questa merdina. "Muoviamolo."

Afferrai mio cugino e migliore amico per le spalle e lo alzai usando tutta la mia forza Prillon. Avrei potuto portarlo da solo, ma il mio assistente mi aiutò alzando Grigg per le ginocchia.

Non stava morendo. Lui, là fuori, aveva fatto il suo cazzo di lavoro e adesso io dovevo fare il mio. Non era quello il momento di realizzare che, se lui non avesse lasciato il suo posto di comando, adesso sarei stato a celebrare assieme agli altri invece di dover lottare per riportarlo indietro dall'abisso. Stupido stronzo testardo.

Lo muovemmo con cautela verso il pad nero come la pece, dove il fioco reticolo verde dei sensori dello scanner del GM si misero subito a lavoro per esaminare l'armatura, in modo che la potessi rimuovere un pezzo alla volta. Lo strato esterno dell'armatura aveva così tanti taglietti che si era increspata, invece di essere liscia e dura. Il sangue che gli colava dallo stivale sinistro schizzava rumorosamente sul pavimento facendomi digrignare i denti. Il suo elmetto era distorto al punto che non potevo slacciarlo e rimuoverlo. Il visore era in frantumi, migliaia di pezzetti che mi impedivano di vedergli il viso.

Se i monitor vitali non avessero insistito col dirmi che era ancora vivo là dentro, che il suo cuore batteva ancora, non avrei mai creduto che qualcuno all'interno di quell'armatura distrutta potesse essere sopravvissuto.

Posai la mano sul pannello di attivazione e ordinai alla nave di rimuovere l'armatura di Grigg. Ero impaziente. Non distolsi lo sguardo mentre la fioca luce verde baluginava attorno al suo corpo.

Alla fine, la luce si spense, lasciando Grigg nudo e sanguinante sul pad e facendomi sobbalzare il cuore.

"Cazzo, Grigg. Che casino." Era ricoperto di sangue. La sua pelle scura e dorata era macchiata dappertutto da una strana sfumatura arancio-rossa. La sua gamba sinistra aveva un taglio profondo fino all'osso, tra il ginocchio e la coscia, e il sangue colava sul pavimento a ogni battito del cuore.

Mi inginocchiai e misi un tampone sulla ferita. Non lo avrebbe guarito, ma gli avrebbe impedito di morire dissanguato mentre portavo il suo culo testardo nella capsula ReGen.

"Ho bisogno di aiuto qui!" gridai. Tecnici e assistenti arrivarono correndo.

"Aiutatemi. Attenti alla gamba." Lo sollevai, sempre per le spalle, provando a tenergli ferma la testa che ondeggiava come quella di una bambola rotta. Altre mani si unirono alle mie e presto lo sollevammo dal tavolo.

"Capsula ReGen?"

"Sì. Subito."

Ci muovemmo come una squadra, camminando lentamente verso la grande vasca a immersione utilizzata per le ferite più gravi.

"Non dovremmo sedarlo prima?"

"Sta' zitto o te ne vai," ringhiai.

"Sì, signore."

La porta della stazione medica si aprì lentamente e il Capitano Trist entrò a grandi passi nella stanza. Guardò Grigg e si arrestò. "È morto?"

"No. Ma morirà se non le mettiamo dentro la ReGen."

Trist si infilò tra due tecnici e ci aiutò a sollevare Grigg da sotto i fianchi. Se Grigg fosse stato un comune guerriero Prillon, non ci sarebbero voluti cinque di noi per muoverlo, ma era un gigante di oltre due metri. Grigg, come tutti i membri della classe guerriera su Prillon Prime, era un grosso figlio di puttana di quasi centoquaranta chili di soli muscoli. Fatta per la guerra, la razza Prillon era più forte e grande di ogni altra razza della Coalizione. E la famiglia Zakar? Beh, Grigg ed io facevamo parte di uno dei più antichi clan guerrieri del pianeta. Era geneticamente predisposto a essere un enorme figlio di puttana.

Sospirai di sollievo mentre deponevamo il corpo del comandante dentro la luce azzurra della Capsula ReGen. Il coperchio trasparente si chiuse automaticamente sopra il suo corpo ferito e martoriato e i sensori cominciarono a lavorare immediatamente. Ci allontanammo e ispezionammo le bruciature e le lacerazioni chiaramente visibili sul suo volto.

"È fortunato a non aver perso l'occhio destro." L'ufficiale medico che mi aveva aiutato si mosse meccanicamente verso il pannello di controllo e settò le impostazioni in modo da essere certo che Grigg guarisse alla massima velocità concessa dal suo corpo.

"È fortunato a non essere morto." Trist sbatté il palmo insanguinato sull'involucro trasparente.

Si voltò verso di me e io scossi la testa. "Non guardare me."

"Tu sei il suo secondo. Sei la sua famiglia. Non puoi controllarlo, cazzo? Non può continuare così." La furia di Trist gli scurì la pelle giallo pallido. "È il comandante di questo battaglione, non è un fante, né un pilota. Non possiamo permetterci di perderlo."

"Ispira i suoi uomini." L'ufficiale medico all'altro lato della capsula ReGen parlò con reverenza e ammirazione. "Parlano di lui a mensa. Diamine, dappertutto. Parlano di lui dappertutto."

"Tu devi stare qui per forza?" chiese Trist.

L'ufficiale medico guardò il pannello di monitoraggio. "Il comandante sta guarendo. Tutti i protocolli per la sua rigenerazione sono stati avviati."

"Tu devi stare qui per forza?" ripeté Trist.

"Tecnicamente, no." La giovane recluta era scioccata. La sua paura per Trist lo fece impallidire fino a farlo diventare grigio come la sua uniforme. E a ragione. Il capitano era grosso tanto quanto Grigg e due volte più cattivo.

"Lasciaci."

In un istante, ero rimasto da solo con il capitano, che crollò su una sedia in fondo alla stanza. "Come facciamo a fermarlo? È come se fosse pazzo. Diamine, è come se si trasformasse in una bestia furente, come un cazzo di berserker degli Atlan."

Ora che il pericolo era passato, la rabbia si mischiò al sollievo mentre mi sedevo di fianco a Trist. Entrambi tenevamo sott'occhio il corpo incosciente del comandante. Il sangue ci ricopriva le mani, le uniformi.

"Non possiamo fermarlo." Guardandomi i palmi insanguinati, mi venne voglia di strozzare Grigg. Gli volevo bene come a un fratello, ma aveva permesso che la rabbia di suo padre lo provocasse oltremodo. Prendeva troppi rischi. Giocava a un gioco troppo pericoloso, e stava perdendo. Era vivo, quindi non era stato un fallimento totale: ma la prossima volta? E quella dopo ancora? Prima o poi la fortuna gli si sarebbe rivoltata contro. La prossima volta sarebbe potuto morire.

Ne avevo abbastanza. Trist ne aveva abbastanza.

Ci pensai a lungo e si presentò un'unica soluzione. Non l'avevo menzionata prima. Non c'erano segreti tra me e Grigg: per me ne tenevo soltanto uno. Lo riconsiderai. In passato l'avevo escluso. Ma ora, ora che lui era nella capsula ReGen a farsi guarire un'arteria femorale recisa, un femore rotto, una commozione cerebrale e chissà che cazzo d'altra cosa, era giunto il momento.

"Non lo convinceremo mai a fermarsi, ma la sua compagna potrebbe riuscirci."

Trist distese le gambe. "Non ha una compagna."

Mi voltai lentamente verso di lui. "Allora dobbiamo procurargliene una."

Trist mi guardò. "E come?"

Mi alzai e cominciai a passeggiare. "Adesso, sei tu al comando."

L'ordine di successione ci fu insegnato il primo giorno alla scuola di combattimento. Non dovevo certo spiegarlo a Trist.

"E...?"

"Lui è il comandante nella Flotta della Coalizione. È suo diritto richiedere di essere abbinato a una compagnia attraverso il Programma Spose Interstellari. Ordinami di avviare le procedure per abbinargli una compagna. Ordinami di avviare il protocollo di abbinamento."

Gli occhi di Trist si spalancarono al solo pensiero. Lui non viveva una vita al limite come faceva Grigg. Soppesava ogni cosa, in modo chiaro e metodico.

"E quando si sveglia?"

Sogghignai. Anche io avevo soppesato in modo chiaro e metodico la cosa.

"Il procedimento è inconscio. Sarà come un sogno. Non si ricorderà di niente fino a che non sarà troppo tardi. Non saprà quel che abbiamo combinato fino a quando la sua compagna non sarà qui, in carne e ossa."

Trist sorrise. Porca troia, aveva sorriso. Non l'avevo mai visto sorridere, pensavo che la sua faccia fosse rotta o perennemente fissa in uno sguardo benigno.

"E poi lui sarò troppo impegnato a scoparsela perché gliene importi qualcosa – o per ficcarsi in altri cazzo di guai." Trist mi fissò per qualche secondo prima di scoppiare a ridere.

Ero troppo scioccato dal quel suono per capire quel che diceva.

"Fallo, dottore. Trovagli una compagna. È un ordine."

3

Comandante Grigg, Alloggi privati, Corazzata Zakar

PER LA DECIMA notte di fila, fissavo il soffitto sopra il mio letto. Ero inquieto. Ed aspettavo. *Lei.*

Chi fosse, non lo sapevo. Una dea, forse? Un frutto della mia immaginazione? Un'immagine evocata dal mio incontro ravvicinato con la morte?

Tutto quel che sapevo era che avevo il cazzo duro come una roccia e che la morbidezza della sua pelle, il calore stretto e umido della sua fica mi rincorrevano in sogno fino a quando non mi svegliavo sudato e ansimante, costretto ad afferrare la mia asta dura e allievare il disagio. Non ci voleva tanto, una carezza, forse due, e me ne venivo come un giovinetto in calore.

Era lei che mi dava la caccia.

Persino adesso, durante la quarta rotazione, la rotazione meno attiva nella tabella di marcia della nave, quando la maggior parte delle persone dormivano, non potevo riposare. Non ero riuscito a dormire da quando mi ero svegliato in quella capsula ReGen di fronte al cipiglio di Rav e allo sguardo torvo di Trist. Non dissero una parola riguardo il mio recente faccia a faccia con la morte. Non ce n'era bisogno. Mio padre aveva sbraitato per due ore fino a quando la sua faccia era diventata arancione di rabbia e io mi preoccupai che le orecchie potessero iniziare a sanguinarmi. Di nuovo.

"Oh, andatevene a fanculo. Tutti quanti." Parlavo da solo. Il mio spazioso alloggio e l'enorme letto, grande abbastanza da ospitare tre o quattro corpi, erano tutti per me. Non che non fossi in grado di trovare una donna che mi riscaldasse il letto, se solo l'avessi voluto. Non volevo. O almeno, non me ne ero preoccupato poi troppo, fino ad allora.

Quando ero più giovane, in congedo, di compagnia femminile per soddisfarmi ne avevo avuta più che a sufficienza. Mentre invecchiavo e avanzavo di grado, le donne si aspettavano di più. Non era abbastanza per loro scopare un guerriero giovane e forte. Adesso mi guardavano con occhi calcolatori. Ore, ero un Comandante, e avevo *valore*. Non volevano scopare me, Grigg. Volevano essere le *compagne* di un Comandante Prillon. Volevano lo status, il grado, la ricchezza *e* il potere.

Ma scopare e diventare compagni erano due cose completamente diverse. Scopare era qualche ora di piacere impersonale. Diventare compagni era... tutto.

Avvolsi il pugno attorno alla mia asta dura, pulsante e pronta all'uso. Usando il pollice, massaggiavo il lato a ogni passaggio. Sapevo come finire e non ci voleva molto. Il mio corpo si irrigidì e il respiro mi si fermò non appena *la vidi,* torbida nella mia mente, e il seme mi sgorgò caldo nella mano.

Mi ero svuotato le palle, per il momento – sospirai, mi tolsi le coperte ed entrai nudo nella stanza da bagno adiacente. Cazzo, ce l'avevo di nuovo duro. Forse c'era qualcosa di sbagliato in me. Non avrei mai detto a Rav che il cazzo mi si faceva duro in continuazione quando pensavo a una bellissima donna. Sospirai e mi afferrai di nuovo il cazzo. Sì, ci avrebbe creduto. O peggio, ci avrebbe creduto e poi sarebbe scoppiato a ridere.

Una doccia calda mi avrebbe aiutato a dormire; ma prima, dovevo alleviare il dolore che mi attanagliava un'altra volta le palle.

Qualche istante dopo chiusi gli occhi e lasciai che il getto caldo dell'acqua mi bagnasse il corpo. Mi lavai velocemente, godendomi la comodità e il silenzio. Non avevamo bisogno dell'acqua per farci la doccia, ma conservavamo la vecchia tradizione per un'unica ragione... il piacere.

Il cazzo indurito mi lacrimò, una goccia di pre-eiaculazione si raccolse sulla punta. Cazzo, forse la capsula ReGen mi aveva sistemato fin troppo bene, mi aveva donato una specie di super-cazzo, perché non mi era successo mai di recuperare così velocemente. Avvolsi la mano attorno alla cappella gonfia, mi voltai verso l'acqua e mi appoggiai contro il tubo della doccia mentre il calore mi circondava. Provai a ricordare.

Il sogno. La sua fica bagnata. I suoi seni pieni e rotondi. Lo strano colore della sua pelle, i suoi occhi, i suoi capelli, scuri, strani ed esotici. Non era una dorata femmina Prillon, ma una donna aliena. Strana. Bellissima. Le tenevo le gambe aperte e le allargavo la fica con il mio rigido –

"Comandante!" La voce eccitata eruppe dallo speaker nel mio bagno e mi raggelai sotto l'acqua. Cazzo.

"Sono Zakar," grugnii. Questa volta stavo pensando a lei più chiaramente. Ero riuscito a ricordare più dettagli, ma la comunicazione mi aveva portato via quella visione, aveva rovinato il momento. E lei era sparita dalla mia mente un'altra volta.

"Comandante, c'è un'emergenza. C'è bisogno di lei nella stazione medica uno."

"Che succede?"

Ci fu un breve silenzio e allora mi strofinai il cazzo una volta, due, e grugnii. Questa volta, non c'era tempo di finire.

Avrei dovuto infilare il mio povero cazzo in un'uniforme vera e propria e soffrire mentre l'armatura, rigida e nera, mi strizzava il cazzo e le palle come una morsa.

"Il dottor Zackar ha detto di riferirle – non posso dirlo, Signore."

Mi fece sorride. Potevo solo immaginare quel che il mio cuginetto irriverente avesse ordinato al giovane ufficiale di dirmi. "Parla pure. Cos'ha detto?"

L'ufficiale rispose con un sospiro: "Ha detto di portare il culo al centro medico, e in fretta. La sua compagna è arrivata."

"*La mia cosa*?" La mia voce tonante echeggiò tra le pareti del piccolo bagno.

"Mi ha ordinato di cancellare la comunicazione. Mi scusi, signore." La comunicazione si spense. Mi sciacquai e asciugai. Mi girava la testa.

La mia compagna? Ma che cazzo stava dicendo?

Qualche minuto dopo mi precipitai per i corridoi verdi verso la stazione medica uno e lì trovai mio cugino che passeggiava.

"Che cazzo, Rav."

Girò i tacchi al suono della mia voce. "Per le palle di Prime, Grigg. Sei lentissimo." Rav era teso, le vene del collo e delle tempie tirate, i suoi occhi lucidi per l'eccitazione, o per il terrore, non potevo dirlo. Il mio bisogno di offrire rassicurazione e controllo, persino con i miei guerrieri, emerse in me e il mio battito rallentò mentre posavo la mano sulla spalla di Rav e la stringevo.

"Sono qui. Su, dimmi di cosa hai bisogno."

Rav stava a testa alta nella sua uniforme verde scuro da dottore. Chiuse gli occhi e fece un respiro profondo. Quando fui certo che si sentisse bene, abbassai la mano lungo il fianco e aspettai.

Rav aprì gl'occhi, la chiara lucentezza era sempre lì, sempre non identificabile. "Lei è qui."

"Chi?"

"Si chiama Amanda Bryant. Viene da un nuovo pianeta membro chiamato Terra."

"Chi è? Perché è qui?"

"È la tua compagna, Grigg – la nostra compagna."

Non riuscivo a respirare. La capsula ReGen. I sogni. Fanculo, quei sogni. Il mio cazzo riprese vita. I sogni erano reali. Aveva un nome. Amanda Bryant.

"Cos'hai fatto?"

Rav si voltò senza rispondere. Invece di spiegarsi, si diresse verso l'unità medica e io lo seguii. La porta si chiuse silenziosamente dietro di noi. C'erano dei *bip* provenienti dai macchinari, ma tutti i tecnici lavoravano in silenzio e con efficacia. Non distolsi lo sguardo da Rav per contare i pazienti, ma l'unità poteva gestire tre casi critici e aveva quasi venti letti addizionali, e tutti quanti sembravano circondati da ufficiali medici in uniforme grigia e un paio di dottori vestiti di verde. Li ignorai tutti, in attesa che Rav mi rispondesse.

"Solo quello che il capitano Trist ha ordinato."

Non gli credetti nemmeno per un istante. Trist seguiva le regole. Rav no. Avrebbe seguito gli ordini di Trist solo se fossi stato fuori gioco, ad esempio se–

Cazzo. Ad esempio, se fossi stato mezzo morto e incosciente in una capsula ReGen.

"Conrav?"

Usai il suo nome per intero. Non usavo *mai* il suo nome per intero.

"Stavi morendo."

"Rav!" Persi il controllo e i tecnici sobbalzarono.

"È bellissima, Grigg," disse. La sua voce era quasi... malinconica? "Così morbida." Mi si avvicinò e abbassò la voce di modo che solo io potessi sentirlo. "Certe curve... Dio, la sua fica è rosa. E il culo. Cazzo, ero pronto a farmela nel momento stesso in cui è arrivata. Aspetta di vedere –"

Un dolce gemito femminile risuonò dall'altro lato di uno degli ambulatori privati. Il suono arrivò dritto al mio cazzo dolorante. Spalancai gl'occhi: avevo riconosciuto quel suono dentro di me. Lo avevo già sentito nei miei sogni. Poco prima ero venuto mentre mi struggevo per sentirlo ancora.

Rav sogghignò come un ragazzino che sta per aprire un grosso regalo il giorno del suo compleanno. "Si sta svegliando."

Nonostante la mia irritazione per l'interferenza di Rav e Trist, ero intrigato e seguii Rav mentre entrava nell'ambulatorio più piccolo. "È mia?"

"Sì. Abbinata attraverso i protocolli del Programma Spose Interstellari. L'affinità era quasi del cento per cento. È perfetta per te, in ogni senso."

Ero stanco che quella cazzo di Coalizione controllasse ogni più piccolo particolare della mia vita, e non ero sicuro che stavolta fosse diverso. C'erano così tanti protocolli, tutti impeccabili. In quanto leader, ero stanco di quei cazzo di protocolli. Ecco perché avevo promosso Trist come mio secondo. Lui amava quelle stronzate.

"Senti, cugino, lo so che sei eccitato, ma dubito che –"

E allora la vidi. La mia compagna, la mia sposa, e mi bloccai. Rav sogghignò e mi passò di fianco. Raccolse la sua attrezzatura medica per chissà cosa.

"A che ti serve tutta quella roba?" gli chiesi, la voce piena di stupore.

"Per gli esami e i test. Dovevo aspettare che si svegliasse, e che tu fossi presente."

Era uno schianto. Folti capelli neri si adagiavano con boccoli scuri sul cuscino sottile. La sua pelle non era dorata o gialla come quella di una femmina di Prillon, ma era più soffice, d'una sfumatura più scura del color crema. Era distesa supina sul lettino.

"È stata trasportata qui?"

Rav scosse la testa. "Nella stanza di trasporto, e poi trasferita qui."

"Così?" Non ci vidi più: era gloriosamente nuda ed era *mia*. "Chi l'ha vista così?"

L'espressione desiderosa di Rav – di essere il suo secondo compagno – si tramutò nella faccia clinica da dottore.

"C'ero io quand'è arrivata. L'ho subito avvolta nel lenzuolo che è sotto di lei."

Vidi il lenzuolo bianco che strabordava fuori dal lettino.

"Non l'ha vista nessuno così tranne me."

Guardai dietro di me. La porta era chiusa.

"Giusto, Rav. Nessuno la vedrà così. Mai." Mugugnai, un bisogno istintivo di proteggerla mi sorse dentro con una velocità e una ferocia che non avrei mai creduto possibili. La mia reazione era illogica, poiché la nostra cerimonia di accoppiamento sarebbe stata osservata e benedetta da guerrieri prescelti, quelli che Rav od io sceglievamo per onorare con la nostra fiducia durante quella notte. E ci avrebbero visto mentre la scopavamo, mentre la rivendicavamo, la facevamo nostra. Non si sarebbero limitati ad ammirare il suo corpo bellissimo.

Il suo viso era più soffice e delicato di quello di qualunque altra donna avessi mai visto. I suoi seni erano pieni e sodi, e la sua fica, come mi aveva promesso Rav, era d'un intrigante sfumatura di rosa scuro che non avevo mai visto prima. Avevo voglia di abbassarmi e far correre la mia lingua ruvida attraverso quelle pieghe delicate, di scoprire il suo sapore esotico. Volevo incuneare le mie spalle tra i suoi fianchi perfetti e allargarla così da poterla scopare con la lingua. Mi aumentò la salivazione al solo pensiero.

"Che tipo di femmina hai detto che è?" chiesi senza smettere di guardarla. Si mosse, ma i suoi occhi dovevano ancora aprirsi. Era come se si stesse risvegliando da un pisolino, non da un viaggio attraverso la galassia.

"Terra. Chiamano la loro razza 'umana'."

"Non ho mai visto una donna come lei prima d'ora." Era vero. Era bellissima, seducente, esotica. Niente a che vedere con le donne che avevo visto.

"È la primissima sposa proveniente dal loro mondo."

Questo mi sciocò abbastanza da farmi voltare verso Rav. "La primissima?"

Annuì. "Sì. Alla Terra è stata concessa l'iscrizione provvisoria alla Coalizione solo qualche settimana fa. Lo Sciame ha allargato le proprie escursioni esplorative nelle zone più recondite, Zona di Trasporto 2."

Cominciai a capire. "Stavano inseguendo i guerrieri sulla Colonia."

Rav annuì. "Invece, più probabilmente, hanno trovato la Terra. Il loro attacco ha costretto la Coalizione a entrare in contatto con la Terra. I terrestri avevano scoperto solo da qualche settimana che nell'universo c'erano altre forme di vita oltre a loro."

Mi ricordai dei rapporti. Piccoli pianeti. Presumibilmente bellissimi, un meraviglioso vortice di bianco e blu con un fascino primitivo – "Alla Terra è stato impedito di diventare membro a pieno titolo a causa della sua barbarità, se mi ricordo bene. Non si rifiutarono di allearsi ed eleggere un Prime?"

Rav si avvicinò l'attrezzatura medica e annuì. "Sì. Sono troppo indaffarati a tracciare linee ed a uccidersi l'un l'altro a causa del territorio, come animali selvaggi. Ma se lei è selvaggia anche solo un po', me la godrò a metterla in riga a suon di sculacciate."

Non sembrava affatto un dottore. Sembrava un uomo che vedeva la propria compagna per la prima volta, che le reagiva, che la bramava.

I suoi pensieri echeggiavano i miei. Nel caso in cui le sculacciate di Rav non fossero bastate, le avrei riempito la fica rosa col mio cazzo duro, le avrei scopato il culo fino a che non avrebbe urlato il mio nome, le avrei riempito la bocca di sborra e le avrei tirato i capelli tenendole la testa all'indietro mentre le scopavo la sua bella gola e lei mi ingoiava. Ma se davvero eravamo affini, lei avrebbe goduto per davvero del mio bisogno di controllo tanto quanto io avevo bisogno di governare il suo piacere. Le sarebbe piaciuta che fossi un po' violento. Un po' selvaggi. Le sarebbe piaciuto essere dominata da due guerrieri.

La lussuria, assieme a un bisogno primitivo di marchiare e rivendicare la mia compagna, mi eruppe dentro come un'eruzione vulcanica, e il mio grugnito echeggiò per la stanza prima che potessi impedirlo.

Cazzo. Ero rovinato.

A quel suono, i piccoli occhi della mia compagna si spalancarono. Si bloccarono su di me con una stanchezza e una paura che non mi piaceva. I suoi occhi erano unici, d'un marrone scuro in cui volevo annegare. Si rimpicciolirono per il sospetto o la stanchezza e capii che volevo vedere una sola espressione sul suo volto – desiderio, voglia, fiducia.

Disperazione, come se implorasse di essere liberata.

Così facevano quattro espressioni.

"Cazzo, Grigg. Smettila di spaventarla così posso avere il via libero medico e possiamo farla sistemare nei nostri alloggi."

Annuii, ansioso di riportarla nel mio letto, dove l'avrei reclamata veramente per la prima volta e avrei goduto di tutti i vantaggi nell'aver sigillato il nostro collare dell'unione attorno al suo collo.

Guardai lo sguardo espressivo della mia compagna che si spostava da me a Rav, e poi di nuovo su di me. Notò ogni cosa nella stanza: le luci, l'attrezzatura per gli esami, la porta; ma non si mosse per coprirsi, come se la condizione in cui si trovava il suo corpo fosse irrilevante.

Trovai il suo comportamento strano e intrigante.

Mi mossi piano per non spaventarla. Feci un passo avanti e

mi inchinai. "Benvenuta. Io sono Grigg, il tuo compagno, e questo è Conrav, il mio secondo."

Non si mosse, ma parlò; e la sua voce mi fece diventare il cazzo incredibilmente duro. "Amanda."

Il suo nome non era abbastanza. Avevo bisogno di sentire la sua voce che chiamava il mio, ruvida di piacere, che si rompeva mentre implorava.

Si guardò e si schiarì la gola. "Cazzo, mi sono spariti tutti i peli."

La sua pelle era liscia e perfetta, come quella di ogni donna dovrebbe essere. Non risposi, non ero sicuro di quale fosse il suo aspetto prima, ma certo ero compiaciuto dalla morbida lucentezza della sua pelle, dalla meravigliosa visione della sua fica.

Mi sorprese a guardarla e si schiarì la gola. "Oh, beh, niente più depilazione. Questo è un bene, no?" Le sue gambe si mossero sul lettino e scacciai via l'ordine che mi era venuto in mente. Non volevo che chiudesse le gambe, volevo che rimanessero aperte, aperte per il mio cazzo, per la mia bocca... per qualunque cazzo di cosa volessi.

"Posso avere un lenzuolo? O dei vestiti?"

Scossi la testa. "Non ancora. Rav è un dottore. Deve prima terminare gli esami medici."

Una piccola linea increspò le sue sopracciglia lisce, le sue ciglia marroni in netto contrasto con la sua pelle crema. La sua faccia era così diversa dalla nostra, liscia e rotonda, piena di dolci curve, valli che volevo esplorare con le mie dita, con le mie labbra. Volevo sapere che sapore avesse la sua pelle, se il suo sapore esotico somigliasse al suo profumo, qualcosa di dolce e femminile, un fiore raro che dovevo ancora esplorare.

"Sono stata esaminata presso il centro di elaborazione." Si guardò attorno un'altra volta. "Sulla Terra."

Rav ridacchiò. "No, compagna. La Flotta richiede che ogni nuovo membro sia sottoposto a un esame medico completo prima di essere ammesso tra la popolazione." Prese un piccolo aggeggio e controllò che fosse pronto. Non avevo la più pallida idea a cosa servisse.

Le sue sopracciglia scure si corrugarono e mi venne voglia di avvicinarmi e allisciare quella ruga. Si voltò verso di me. "Credevo avessi detto che eri tu il mio compagno."

Annuii. "Esatto."

Guardò Rav, che si era inchinato con riverenza come aveva fatto io. "Ma –?"

"Io sono il dottor Conrav Zakar, il tuo secondo compagno, Amanda Bryant dalla Terra."

"Secondo compagno?" La sua faccia si fece di un rosa scuro, non dell'incantevole rosa della sua fica – ma comunque bellissimo. "Io non – oh, Dio." Mentre mugugnava tra sé, i suoi occhi scuri si posarono ovunque ma non su di noi, i suoi compagni. "Quel sogno. Cazzo. Quel sogno. Che pervertita che sono, e ora? Due? Cazzo. Robert aveva detto che questo lavoro sarebbe stato perfetto per me. Chissà se lui vuole averli, due compagni. Io non posso farlo. Non posso."

4

A manda

Ho sentito di gente che impazzisce, che va nel panico in situazioni nuove. Non io. Ero stata paragonata a un camaleonte: la mia razza mista e la mia abilità con le lingue mi rendevano facile mischiarmi e adattarmi in qualunque ambiente, in qualunque lavoro. Ma nessun camaleonte era mai stato nello spazio. Questo... questo era da pazzi. I due di fronte a me non erano trafficanti di armi, assassini, membri della Mafia russa o della Triade cinese. Erano alieni. Come in: provenienti dal cazzo di spazio profondo.

Erano grossi. Diamine, erano grossi. Alti due metri, muscolosi come la squadra di rugby samoana. Sotto steroidi. Non sembravano umani, con la loro pelle e gli occhi dorati. Quello grosso, Grigg, aveva occhi color ruggine e capelli castano chiari che somigliavano al caramello che riveste il gelato. E non sembravano nemmeno come gli omini verdi dei film di fantascienza. Era veramente attraenti. Belli. Robusti. Grossi. E, presumibilmente, eravamo compagni affini. Compagni! Una qualche procedura ci aveva – ci? Perché diamine ero la compagnia di ben due tipi? – messi assieme in quanto perfettamente compatibili, perfetti l'uno per l'altra.

E il mio secondo compagno? Conrav, il dottore? Era altrettanto grande, le stesse caratteristiche spigolose e la coloritura dorata, ma i suoi occhi erano come i raggi del sole che attraversano il miele, e i suoi capelli erano d'oro pallido, così belli che dovetti sforzarmi per non guardare.

Sapevo un'unica cosa su di loro, loro erano... perfettamente sexy. Ma questo non importava, perché ero in questo cazzo di spazio profondo e quel tizio, Rav, stava agitando un qualche sensore sopra di me.

Mi sedetti, afferrai le lenzuola sulle quali ero seduta – non avevo idea del perché fosse sotto invece che sopra di me.

"Stai pensando troppo. In base ai nostri nuovi dati sugli umani, il tuo battito cardiaco è accelerato e la tua pressione sanguigna è alta in modo anomalo." Conrav parlava, la sua voce ora era clinica, il desiderio che avevo immaginato nei suoi occhi era sparito del tutto. Il che, per una qualche ragione ignota e imperscrutabile, mi diede ancora più fastidio che essere fissata da due maschi alieni pieni di lussuria.

Fissai l'uomo e scacciai il sensore, grata per qualunque fosse il processore che avevo ora nel cervello e il leggero mal di testa che mi provocava, perché sapevo che, senza di quello, non avrei capito nemmeno una parola di quel che questi due uomini stavano dicendo. "Beh, Conrad Zakar, lei non ha bisogno di essere un dottore per sapere che il mio battito cardiaco accelera e la mia pressione sanguigna sale a causa di quella che è nota come sindrome da camice."

"Puoi chiamarmi Rav, compagna."

"Allontana quella cosa da me."

Rav si accigliò. "Non ho familiarità con quella sindrome. È

qualcosa che succede sulla Terra? È contagiosa? I bio-filtri del sistema di trasporto l'avrebbero dovuta eliminare."

Grigg rise appoggiato al muro con le braccia incrociate. "Credo ti stia dicendo che è nervosa, specie con i dottori attorno."

"Ha ragione. Sulla Terra, o perlomeno da dove vengo io, i dottori indossano dei camici bianchi in ospedale, è come un'uniforme." Quando Rav mi guardò, un po' riassicurato dal fatto che non me ne sarei andata in giro a infettare tutti, continuai. "Senti, sto bene. Certo, sono nervosa. Sono su una navicella nello spazio profondo. Fino a un paio di mesi fa non sapevo nemmeno che voi esistevate. E ora sono qui, e non posso tornare indietro."

Odiai il tono della mia voce. Mi avvolsi ancora di più nelle lenzuola. Sospirai. Già, quella minuscola, insignificante copertura non mi faceva sentir meglio.

Grigg si staccò dal muro e si mise in piedi vicino a Rav. Uno era scuro, l'altro chiaro. Grigg indossava un'armatura nera, un'uniforme che riconobbi come quella standard utilizzata in prima linea dalla Coalizione. L'altro indossava una maglietta e dei pantaloni verde scuro. Il materiale abbracciava il suo petto enorme, era minaccioso e assurdamente forte sotto i suoi vestiti, nonostante non fossero tanto spessi quanto l'armatura di Grigg. Quella verde doveva essere anch'essa un'uniforme, perché altrimenti nessun uomo si sarebbe scelto quell'abbigliamento.

Mi domandai che aspetto avessero da nudi, i loro petti e le loro spalle nudi, pronti per essere esplorati.

Che problema avevo? Ero sveglia da due minuti, è già volevo arrampicarmi su di loro come una scimmia.

"Questa nave è casa tua adesso. Noi saremo la tua famiglia. Una volta che avremo il via libera del medico, potremmo cominciare la nostra vita insieme," mi giurò Grigg.

Li guardai e mi sentii piccola. Il modo in cui mi guardavano mi faceva sentire femminile, desiderata, bramata. Prima d'ora non mi ero mai sentita così con un uomo. Mai. Eppure, non era per quello che ero qui. Avevo bisogno di ricordarmelo.

"A proposito di quello." Ondeggiai le dita tra di loro. "È la parte del 'noi' con cui faccio fatica."

Grigg guardò Rav.

"Non avete secondi compagni sulla Terra?" chiese Rav.

"Uhm, secondi compagni? Intendi una cosa a tre?"

"Ah, sì. Una cosa a tre. Tu appartiene a tutti e due noi. Presto, non saremo solo i tuoi compagni, ma saremo legati con la cerimonia formale di rivendicazione e la nostra connessione sarà permanente."

Scossi la testa. "Non ci sono cose a tre permanenti sulla terra. È una cosa da una volta. Una cosa sessuale che alla gente piace provare. Per divertirsi."

"Vuoi dire che scopi con due uomini solo a scopo ricreativo, non per avere dei compagni?" chiese Rav.

Mi si spalancarono gli occhi e le guance mi divennero rosse. "Io? No. No, no, no. È solo che avevo pensato che sarei stata abbinata a un unico compagno, non a due. Sulla Terra, avere due mariti, o compagni, a dire il vero è illegale."

"Illegale? Sei costretta per legge ad averne soltanto uno?" Rav ghignò e giuro che entrambi si impettirono. "Ti piacerà molto di più accoppiarti con due."

"Sì," aggiunse Grigg annuendo. "Due uomini per proteggerti."

"Darti riparo."

"Adorarti."

Andavano avanti e indietro con la lista.

"Toccarti."

"Scoparti."

"Assaporarti."

"Farti urlare di piacere."

L'ultimo era stato Grigg a dirlo, con una voce profonda, tombale, che mi fece venire la pelle d'oca sulle braccia.

Quella cosa che Rav aveva in mano aveva delle spirali che cominciarono a brillare di un blu acceso. La tenne sollevata, la agitò di fronte a me una volta, e poi ghignò. "Ti piace l'idea."

Tentai di indietreggiare sopra il lettino, ma avevo le ginocchia sul poggiapiedi e non potevo indietreggiare ulteriormente verso la testa del lettino, lontano da lui. Gli uomini, tuttavia, si avvicinarono. "Cosa? No. No, no, no."

"Dici no piuttosto spesso, aliena. Sarà compito nostro farti dire di sì più spesso," disse Grigg. I suoi occhi promettevano migliaia di diverse torture erotiche.

Oh, cazzo, quello sì che era sexy.

"Non mi piace pensare a voi due che mi scopate." Quella era una bugia gigantesca, ma non conoscevo quegli uomini, quegli... alieni, e non mi sarei dovuta sentire attratta da loro, dall'idea di loro due che mi posizionavano come volevano su questo lettino così da potermi scopare entrambi. Forse uno dentro la mia fica, e l'altro –

Il colore della sonda passò da blu a rosso.

"Non ci mentirai, Amanda. Mai. Quello che condivideremo si basa unicamente sulla verità. Ti diamo quest'unica opportunità per impararlo, ma da ora in poi sarai onesta riguardo i tuoi bisogni e desideri, o verrai punita. La tua bocca può anche dire una cosa, ma il tuo corpo –" Grigg indicò la sonda, "- non mente."

"Quell'affare non può dirti quel che voglio io." Poteva? Avevano degli strambi aggeggi che leggevano la mente? O una stramba bacchetta magica, già che c'erano?

Rav mi rispose avvicinandosi al punto che riuscivo a sentire il calore del suo corpo, e quel calore mi fece rabbrividire. "Percepisce tutte le tue funzioni corporali. Il battito cardiaco e la pressione sanguigna, certo, ma anche il tuo livello di eccitamento, le vampate di calore sulla tua pelle, e quel fiotto di sangue che corre verso la tua fica rosa."

Mi scostai i capelli al di là della spalla. "Da dove vengo io, il battito del cuore e i livelli di eccitamento non vengono testati insieme, né sono ugualmente importanti per rimanere in vita."

"Ah, è qui che siamo diversi. Se non sei attratta da noi, eccitata da noi, allora non ci sarà alcun legame." La voce rauca di Grigg mi fece venire la pelle d'oca e indurire i capezzoli. Dio, come sarebbe stato avere il suo cazzo sepolto in profondità dentro di me mentre la sua voce mi ordinava di – "Compagni uniti per il resto della vita, Amanda. Se non c'è nessun legame, allora i guerrieri devono affidare la propria sposa alla custodia di qualcun altro, un compagno che sia capace di eccitarla, di soddisfare i suoi bisogni e guadagnare la sua fiducia. Così, quando arriva una nuova sposa, è di cruciale importanza testare la sua abilità nell'eccitarsi – di raggiungere l'orgasmo – di assicurarsi che non ci sia nessuna condizione medica che le impedisca di provare l'attrazione e la compatibilità per i suoi compagni che ci aspetta."

Mi si spalancò la bocca, posai gl'occhi sgranati su di loro, quindi sulla porta. "Volete liberarmi di me e poi dare la colpa a degli esami medici?"

"Non vogliamo per niente liberarci di te, Amanda Bryant. Devo testare il tuo sistema nervoso e i tuoi riflessi. Poi, ti scoperemo, compagna," mi promise Rav, come se mi stessi lamentando. "Mi scuso se non possiamo passare direttamente alla scopata. Secondo il protocollo, dobbiamo prima testarti con i nostri macchinari medici."

Mi rilassai. Erano sexy e tutto, ma non me li sarei scopati subito. Non ero una puttana, e mi rifiutavo di lasciar credere loro che lo fossi. Oltretutto, questo era un lavoro. Solo un lavoro. Dovevo ricordarmelo. Sì, avevo accettato di venire qua fuori e fingere di essere una sposa aliena. Ma, innanzi tutto, ero una spia. La mia lealtà e la mia vita appartenevano al mio paese, al mio pianeta, agli uomini, donne e bambini della Terra che avevo protetto negl'ultimi cinque anni. Volevano agganciarmi un qualche gadget che mandava delle cannonate al mio sistema nervoso? Fate pure. Ho visto di peggio.

"Che ne dite se vi dico che solo a vedervi sono tutta un fuoco?"

Si guardarono l'un l'altro, ma ancora una volta Grigg mi divorò col suo sguardo mentre Rav parlava. "Le nostre temperature corporee sono identiche, quindi non capisco perché pensi che di essere surriscaldata."

Quello mi fece sorridere. "Scusate, dialetto terrestre. Voglio dire che siete attraenti."

Rav sospirò. Era sollievo quello nel suo sguardo? Nemmeno per un singolo istante mi era passato per la mente che questi guerrieri alieni, grossi e cattivi, potessero preoccuparsi di quel che pensavo di loro. Preoccuparsi che io potessi non volerli. Ero io l'aliena lì. Il terzo incomodo.

Mi immaginai che le loro donne erano probabilmente alte più di due metri, dorate e muscolose come atleti di livello mondiale. Io? Altezza media, capelli marrone scuro, ricciuti il giusto per sembrare selvaggi, ma mai acconciati, una terza di seno, un culo troppo tondo e troppo morbida dappertutto. Perfetta per essere una spia e mimetizzarmi. I miei occhi non erano male, il loro marrone scuro mi ricordava il caramello su un gelato. Erano l'unica cosa bella che avessi. Il resto di me era molle e noioso, e non mi avvicinavo nemmeno alla taglia delle donne a cui dovevano essere abituati loro.

Dio, e si aspettavano che me li scopassi tutti e due? Che fossi la compagna di tutti e due? Per sempre?

Oh cazzo. La mia fica mi tradì. Pulsava calda mentre frammenti del sogno che avevo avuto nel centro di elaborazione risuonavano nella mia mente. D'improvviso, l'unica cosa a cui potevo pensare era Grigg dietro di me che mi costringeva a prendere il suo cazzo, a baciarlo, mentre la lingua di Rav si faceva strada verso la mia –

"Beh, questo test è stato facile." Il ghigno di Rav era maligno e premetti le cosce l'una contro l'altra sotto il pezzo di lenzuolo mentre la bacchetta nella sua mano impazziva. "Compagna, mi permetti di testarti adesso?"

"Vuoi testare la mia attrazione per voi?" Va beh. Lo avevo già ammesso. Che tipo di test potevano farmi? Avrebbero potuto mettere centinaia di quelle bacchette in aria, non mi sarebbe importato. Tutto quel che dovevo fare era far parlare uno di loro e informare la Terra. Ero abbastanza sicura che quella bacchetta magica era una di quelle tecnologie che gli alieni si rifiutavano di darci.

Rav annuì. "Sì. Devo testare i tuoi livelli di compatibilità e attrazione. È il protocollo, Amanda. Una cosa a cui si devono sottoporre tutte le spose quando arrivano."

Feci spallucce. "Va bene. Fa' pure."

"Ottimo," disse. "Distenditi sul lettino e poggia la testa sul cuscino. Ecco, così. Ora metti le mani in alto e tocca il muro dietro di te. Così, ma mettile più vicine."

Mi sistemai sul lettino aggiustando le lenzuola così da coprirmi, e premetti le mani contro il muro. Era strano, ma va bene. Potevo adattarmi. Ero un camaleonte.

———

Conrav

LO FACCIA che fece Amanda quando le catene vennero fuori dal muro e le bloccarono i polsi mi fece capire che questo non succedeva durante un esame medico standard sulla Terra. Quando provò a lottare con le catene, cominciai a preoccuparmi.

"Amanda, calmati." Mi misi al lato del lettino e le tolsi i capelli scuri dalla faccia. "Shhh."

"Non c'è bisogno delle catene. Levatemele!"

I suoi occhi erano sbarrati e selvaggi.

"Servono per proteggerti," disse Grigg. "Rav finirà i test, e dobbiamo essere sicuri che siano accurati. Sta' ferma."

"Che cosa mi farete?"

Grigg si mosse verso l'altro lato del lettino e la guardò. Le sue mani le carezzarono il braccio piegato. "Niente ti farà del male."

"Niente più aghi? Io li odio quei cazzo di aghi. Picchiatemi, torturatemi, ma non vi avvicinate con gli aghi."

Scossi la testa e moderai la voce provando a calmare la nostra compagna. Qualcuno l'aveva picchiata? Glielo avrei chiesto dopo, ma ora dovevo calmarla. "Niente aghi."

"Solo piacere," aggiunse Grigg, nonostante non avesse mai assistito a uno di questi esami prima d'ora.

Continuammo a parlarle con voci dolci e tocchi rilassanti, fino a quando non si fu calmata. Guardai i numeri sul muro al di sopra dei suoi polsi. I sensori all'interno delle catene testavano i suoi bioritmi. Anche se il suo battito cardiaco era sempre accelerato, non mi preoccupava. Amanda aveva ragione, *avrebbe* dovuto essere nervosa.

Se solo fossi stato in grado di farla mettere in posizione, quel che Grigg aveva detto si sarebbe avverato. Avrebbe ricevuto solo piacere dai test.

Premetti un pulsante sul muro e il lettino cominciò a ritrarsi da sotto le sue gambe. La parte inferiore sparì lasciando il suo culo tondo sull'orlo del lettino, esattamente dove avevo bisogno che fosse. Afferrai la sua caviglia magra e la sollevai così che le sue gambe rimanessero alzate in attesa che il poggiapiedi si mettesse in posizione. Grigg le aveva afferrato l'altra gamba e faceva come facevo io.

"Non ho bisogno di un esame ginecologico," mugugnò

gettando un'occhiata al suo corpo quand'era in posizione pronto per il test. "E quando ne ho bisogno, non vengo incatenata, cazzo."

"Questo non è un esame ginecologico," dissi mentre prendevo un bio-processore a inserimento da un vassoio lì vicino. Grigg guardava ogni mia mossa, e dovetti scacciar via la mia irritazione. Era tutto nuovo per lui, ma lei era anche la sua compagna. Doveva proteggerla e vigilare su di lei. "Questo è una bio-sonda. Ne ho due, una per la tua vescica, una per il tuo sedere. D'ora in avanti, tutti i processi biologici del tuo corpo saranno monitorati dalle unità di bio-regolazione della nave."

"Non capisco." Il suo petto ansimava, e mi ci volle tutto il mio autocontrollo per non farmi distrarre dai suoi seni che andavano su e giù. Mi sforzai di non toccare la sua pelle, di assaporare la sua carne. Dopo tanti anni passati a credere che Grigg non avrebbe mai scelto una compagna, era difficile per me controllarmi.

"Tutta la materia viene riciclata e riutilizzata dai Generatori di Materia Spontanei a bordo della nave. Questi impianti rimuoveranno in modo automatico le scorie dal tuo corpo così da poterle riciclare." Separai con gentilezza i lenzuoli e li lasciai cadere penzoloni sul pavimento, lasciando di nuovo esposto il suo corpo lussurioso.

"Cosa?" Lottò ancora, tirando le catene che le bloccavano i polsi contro il muro. Il suo corpo era curvo e perfetto, la sua vita stretta in confronto all'ampiezza dei suoi fianchi e ai pieni, rotondissimi lobi del suo culo. Erano troppo grandi per le mie mani, e non vedevo l'ora di sculacciarla e guardarla ballonzolare e dondolare, guardarli mentre diventavano rosa scuro, sentirla gemere di dolore che si tramutava in piacere quando li afferravo e li allargavo, reclamandola, riempiendole il culo con il cazzo.

Grigg doveva essersi accorto della mia distrazione, perché

fu lui a risponderle. "Non avrai mai più bisogno di svuotare il tuo corpo."

"Cosa!" Per qualche motivo questo la fece arrabbiare. Tirò le catene, ancora più forte, e i suoi seni ondeggiarono da destra a sinistra mentre lottava per liberarsi.

"Amanda, anche le catene ai polsi hanno dei sensori, e non possono essere rimosse fino a quando non ho terminato i test." Usai la voce da dottore più calma e inoffensiva che avevo. "Ho anche delle catene per le caviglie, ma non servono ad altro che a tenerti ferma. Riesci a rimanere in questa posizione, o c'è bisogno che ti leghi?"

Mi guardò come se avesse voluto strangolarmi, se solo le sue mani fossero state libere dalle catene. Digrignò i denti e disse: "Starò ferma."

"Brava ragazza," disse Grigg, muovendosi per carezzarle i capelli ancora una volta.

Amanda scostò il capo evitando il suo tocco, e io feci finta di non notare il modo in cui la mano di Grigg si bloccava a mezz'aria, incerta. Grigg non era mai incerto, ma sentii il rifiuto della nostra compagna tanto vivamente quanto lui. La speranza per un accoppiamento facile, non complicato, si raggrinzì trasformandosi in qualcosa di freddo, famelico. Non era come la aspettavo. Non voleva essere qui, era ovvio.

Avevo sperato in una sposa più vogliosa, una donna da accogliere a braccia aperte, col cuore pieno d'amore. Avevo sperato in una sposa abbastanza gentile da placare la furia di Grigg. Da quel che vedevo, Amanda non era altro che fuoco e resistenza, diniego e paura, e mi chiesi se i protocolli di scelta delle spose non si fossero sbagliati. Era la prima sposa a venire dal suo mondo. Forse il sistema aveva bisogno di ulteriori test?

"Sta' ferma, Amanda. Metterò il dito sulla tua fica adesso. Devo essere sicuro che tu abbia ricevuto il bio-impianto corretto."

Rimase in silenzio, le sue cosce tese e frementi per la paura o lo stress, non ne ero sicuro, ma non mi piaceva nessuno dei due. Avevo amministrato questo esame per gli altri guerrieri della nave dozzine di volte, sempre con un distaccato senso del dovere e di eccitazione per i guerrieri e le loro nuove compagne. Ma questa volta, la sua fica era mia. Il suo culo era mio. Il suo corpo, il suo fuoco, la sua resa? Mie.

Le sue gambe erano piegate, i piedi sui supporti, il culo e la fica in bella mostra, e d'improvviso tutta la finzione del distacco clinico sparì. Era la nostra compagna, e avevo una voglia pazza di farla venire. L'aria attorno a me si fece rarefatta e non potei ricordare quel che dovevo fare. Per gli dei, l'odore umido della sua eccitazione muschiata mi fece diventare il cazzo duro come il ferro.

5

*C*onrav

"Rav." Il tono di Grigg era rude, ma controllato. Vidi le narici che gli fremevano come se anche lui odorasse il desiderio della nostra compagna.

Con la testa scostata e il suo corpo in tensione, l'avrei creduta sotto minaccia. Mi aveva dato il suo permesso e, come le avevamo detto, il suo corpo non mentiva. Le *piaceva* la sua nuova posizione, essere vulnerabile e in bella mostra. Era il suo profumo a tradirla. Diventava più forte a ogni secondo, come se potesse sentire il mio sguardo caldo sul suo nucleo, se potesse sentire l'oscura urgenza che mi diceva di rinunciare agli esami necessari, calarmi i pantaloni e scoparmela mentre era priva di sensi. In quanto Prillon, eravamo acutamente consci delle nostre compagne in questo senso. Potevamo odorare l'eccitazione, il bisogno di scopare e usarli per prenderci cura delle nostre compagne. Ci assicurava una sposa sazia e felice.

"Che c'è? Qualcosa non va?" La voce di Amanda mi riportò

alla realtà. Mi piegai così che potesse vedermi in faccia mentre le rispondevo.

"No, compagna," mi schiarii la gola. "Le mie scuse. Comincerò gli esami immediatamente."

Poggiò la testa sul lettino, sempre senza guardare Grigg, che restava in piedi alla sua sinistra con una maschera fredda, inespressiva sulla faccia. Conoscevo quel cazzo di sguardo. Si sentiva ferito, e lo nascondeva. Avrebbe fatto qualcosa di stupido se non gli avessi dato qualcosa di meglio da fare. Sapevo che anche lui poteva odorare la voglia che lei aveva di noi. Ma, apparentemente, questo non bastava per calmarlo.

"Grigg, potresti tenere la mano della nostra compagna, per favore? Questa prima parte potrebbe turbarla un po'."

Sia la mia compagna che mio cugino obbedirono alle mie direttive, ma sapevo che lo facevano solo perché non avevano niente di meglio da fare. Lo stesso, la forte presa di Grigg afferrò con gentilezza la mano della nostra compagna, di gran lunga più piccola, delicata. Sospirai di sollievo quando le loro dita si intrecciarono, il color crema di lei in netto contrasto con il colorito dorato di lui.

"Va bene, Amanda." Adesso ero in piena modalità dottore. "Prima inserirò il sensore di eccitazione. Dopo di quello, inserirò lo stimolo nervoso e il bio-processore che si prenderà cura della tua vescica e della tua fica."

Amanda fissava il muro e ci ignorava entrambi. "Sembra divertente. Continua, facciamola finita."

Grigg grugnì alla sua risposta fatalistica, ma subito lo guardai e scossi il capo. Era di fondamentale importanza che la nostra compagna fosse eccitata e bisognosa. Adesso era spaventata, arrivata da poco, lontana da tutto quel che conosceva. Non capiva quanto importante fosse per noi, quanto fosse per noi preziosa. Ma lo avrebbe imparato. Oh, sì, lo avrebbe imparato. A partire da adesso.

Misi la mano all'interno delle sue cosce, sulla pelle più

morbida che avessi mai toccato, e provai a non offendermi quando lei sobbalzò al mio tocco. "Calmati, Amanda. Ti prometto che non ci saranno né aghi né dolore."

Sospirò e si calmò. Spostai la mano più in basso, verso la fica rosa scintillante che ero ansioso di gustare. Le palle mi facevano male, appese come pietre sotto il mio cazzo duro come una roccia, ma ignorai il fastidio e sollevai la sonda verso l'entrata della sua fica.

Quell'aggeggio medico era probabilmente freddo al tatto, e diedi un colpetto al suo nucleo, facendola aprire un poco alla volta, fino a quando non fui in grado di infilarlo senza problemi, spingendolo sempre più a fondo nel suo calore bagnato.

Uno dei piedi si sollevò dal supporto, e inarcò la schiena. "Che diamine?" Sembrava arrabbiata, confusa, ma l'esame era richiesto dai protocolli del Programma Spose e non lo si poteva evitare.

Grigg le afferrò il piede e lo rimise in posizione sul supporto. "Sta' ferma, compagna."

Quando la sonda fu sistemata per bene nella sua fica, le morbide pieghe del suo nucleo le si ripiegarono attorno come strati di seta, avvolgendola profondamente. Misi entrambi i palmi sui suoi fianchi e provai a rassicurarla. "L'esame fa parte del protocollo, Amanda. Mi dispiace che tu sia a disagio. Preferiresti che chiamassi un altro dottore per completare i test?"

"No!" Annaspò alla risposta, come se fosse scioccata al solo suggerimento. Grazie agli dei, perché dubitavo che Grigg avesse permesso a un altro uomo di vederla così, e la sola idea mi faceva venir voglia di uccidere tutti. Non era ancora al sicuro, non era ancora nostra. Non l'avevamo reclamata, non l'avevamo scopata, non le avevamo messo il nostro collare di accoppiamento attorno al collo, non le avevamo messo il nostro seme dentro al corpo, non l'avevamo fatta urlare di piacere, implorare che la prendessimo. Era vulnerabile, non accoppiata, non rivendicata. E così bella che, cazzo, sapevo che nel momento in cui fossimo usciti dall'ambulatorio qualcuno ci avrebbe sfidato, se il nostro collare non fosse stato attorno al suo colo.

La presa di Grigg la rimise a posto. Impossibile romperla.

"Solo – sbrigati." La sua fica pulsava e stringeva la sonda al tocco dominante di Grigg, i suoi umori colavano attorno al congegno smussato che rimaneva sepolto dentro di lei, gli stimoli nervosi e gl'altri pezzi che penzolavano da un'estremità come pesi morti, in attesa di essere posizionati sul suo corpo. Nel suo corpo.

Mi misi al lavoro e attaccai i congegni per l'inserzione delle sonde sopra il suo corpo, e lo stimolatore clitorideo sopra il suo grilletto. Attivando la ventosa, cominciai con i settaggi di vibrazione più bassi, mentre nel frattempo afferravo l'impianto anale e il lubrificante.

Arrischiai uno sguardo veloce al viso della nostra compagna e vidi che si mordeva il labbro e ansimava. I suoi occhi erano chiusi. La sua mano libera stretta a pugno e poi rilassata, ancora e ancora, come se stesse contando, o lottando per avere il controllo.

Mi preoccupai. Controllai i monitor vitali per assicurarmi che stesse bene. Stava bene, ma la sua temperatura corporea era salita leggermente. E la sua eccitazione? O dei. Guardai Grigg. "La sua eccitazione è quasi al sessanta per cento."

"Che vuol dire?" Si accigliò, confuso per il mio stupore.

"Ha quasi raggiunto l'orgasmo, e non ho nemmeno iniziato con i test."

Il sorriso complice di Grigg rifletté i miei pensieri al riguardo: eravamo fortunati. Sembrava ci avessero benedetto con una compagna incredibilmente sensitiva, amorosa.

Tutta l'aria nei polmoni di Amanda fuoriuscì con un fruscio, come se avesse trattenuto il fiato, lottando contro la sua reazione nei nostri confronti. Applicai una generosa dose di lubrificante sul congegno anale, non più largo del mio pollice, e lo poggiai sull'apertura del suo culo. "Hai mai avuto qualcosa qui dentro, compagna?"

Scosse la testa e si spaventò. "No."

Il cazzo mi balzò alla notizia. Quel culo vergine era mio. In quanto Maschio Primario, Grigg aveva l'uso esclusivo della sua fica fino a quando non fosse rimasta incinta del nostro primo figlio. Dopo, sarei stato libero di reclamarla anche io, di scoparla e sperare che il mio seme germogliasse. Fino ad allora, in quanto Secondo Compagno, il suo culo, la sua bocca, tutto il resto era mio. Quando l'avremmo reclamata durante la cerimonia di accoppiamento, Grigg avrebbe preso la sua fica, e io avrei spinto fino in fondo dentro questo stretto, rosa – posizionai la sonda lubrificata sull'entrata e piano, con cautela, la misi dentro.

Non ci lottò. Non fece nessun rumore mentre le infilavo la sonda in fondo al culo, aprendola, riempiendo entrambi i suoi buchi mentre Grigg la teneva ferma.

La nostra brava piccola compagna lottò contro la reazione del suo corpo ma, non appena ebbi la conferma che le sonde microscopiche erano state inserite, aggiustai i controlli sulla sua clitoride e li alzai. Più in alto. Più forte. Più veloce. La macchina avrebbe succhiata, vibrato, premuto... avrebbe fatto qualsiasi cosa a cui lei avrebbe reagito, qualunque cosa di cui avesse bisogno per venire.

Mugugnò e io guardai i monitor che tracciavano la sua risposta.

"Settanta per cento. Ottanta." Schizzava verso l'orgasmo come il colpo ionico di un cannone. Con tutti gli esami che avevo fatto per gl'altri guerrieri, raramente avevo incontrato una donna tanto responsiva. Dei, era perfetta, cazzo, e così sexy quando stava per venire. "Ottantacinque."

Grigg allentò la presa per toccarle il seno, massaggiarlo, strizzandole il capezzolo mentre i suoi fianchi si agitavano sul

lettino. Era vicina a raggiungere il climax. Così vicina. Per noi.
Solo per noi, i suoi compagni.

"Spegnilo. Adesso."

———

Amanda

"Cosa?"

Spegnilo? Spegnilo, cazzo? Avevo un'enorme sonda dentro
la fica, un'altra su per il culo, e una qualche versione da pervertito di ventosa vibrante sul clitoride come un demone affamato
che mi costringeva a venire mentre due uomini, grossi e dominanti, che non avevo mai visto prima, incombevano su di me
come se gli appartenessi.

Il che, in base alle regole barbariche di questa società
aliena, credo fosse vero. Per quanto gl'importava, adesso ero
loro. La loro compagna. La loro proprietà, con cui fare quel che
volevano, e cioè farmi arrapare. E poi fermarsi. Non volevo che
si fermassero. Certo, un minuto fa non volevo che comincias-
sero, ma ora...

"Grigg?" La voce di Rav echeggiò la mia confusione.

"Spegnilo."

Il tono di comando nella sua voce non ammetteva repliche.
Sentii che la mia fica si strinse attorno alla sonda in risposta al
suo potere. Non avrei dovuto essere a un passo dall'orgasmo
sentendo quell'autorità, non avrei dovuto essere bramosa di
sentire ancora quella voce. Ma, Dio mi aiuti, lo ero. Ero così
vicina, il mio corpo si contorceva, mi doleva la fica, avevo il culo
allargato, riempito fino a quando le sensazioni mi avevano
sopraffatta e le lacrime minacciarono di colarmi dagl'occhi. Ero
disperata, bisognosa, debole.

Io non ero mai debole.

Rav sistemò qualcosa laggiù, tra le mie gambe, e tutto si arrestò, tranne il mio respiro affannato, il mio bisogno di urlare per la frustrazione. Ero ancora piena, ne volevo ancora. Ma la vibrazione sulla mia clitoride e la suzione si arrestarono del tutto, lasciandomi sul filo del rasoio come la peggiore provocazione immaginabile.

Mi morsi il labbro e inghiotti un mugugno di dolore delizioso nell'essere negata, rifiutandomi di rivelare il mio bisogno al di là di quel suono che mi era scappato, la mia debolezza verso questi due completi sconosciuti. Non potevo credere di aver accettato di fare l'esame. Era diverso da ogni altro esame a cui mi ero sottoposta.

Essere lasciata così, bisognosa e nuda, al limite? Era imbarazzante. Implorare avrebbe soltanto reso la mia umiliazione completa.

Io. Non. Implorerò. *Mai*.

"Stronzo." Quella era una parola che potevo accettare. Stronzo.

Grigg grugnì al mio insulto, la sua mano ruvida sul mio seno mi palpeggiava dolcemente, e allo stesso tempo pizzicava e rilassava il capezzolo sensitivo, ancora e ancora. "Guardami."

Chiusi gl'occhi a quel comando, rifiutandomi di girare la testa verso di lui.

"Guardami."

Scossi la testa, ancora arrabbiata. Mi avevano lasciato così. Fragile. Bisognosa. Aperta. Fuori controllo.

Vulnerabile.

Uno schiaffo mi colpì l'interno coscia, forte e veloce, il bruciore si spanse attraverso di me come un'onda anomala di calore che non ero pronta a ricevere. Mi si spalancarono gl'occhi. Non potei arrestare il suono che fuoriuscì dal mio corpo torturato, il gemito, più di quanto potessi impedire al mio nucleo di pulsare di piacere sotto il morso del dolore.

Il monitor fece un bip e Rav sollevò un sopracciglio. "Novanta."

La mano di Grigg mi lasciò andare il seno per attorcigliarmi i capelli e farmi girare la testa. Quell'ulteriore cenno di pressione, di controllo, mi fece sollevare i fianchi verso la ventosa, provando disperatamente a farla riaccendere. *Ne avevo bisogno.*

"Guar-da-mi."

Incapace di negarmi ancora, lo feci, scioccata nel trovare la sua faccia a pochi centimetri dalla mia. Le sue labbra erano così vicine che potevo sentire l'odore della sua pelle sulla lingua, una combinazione muschiata che mi fece venir voglia di assaporare la sua carne. Ci fissavamo. Vidi qualcosa di così primitivo, così aggressivo nei suoi occhi, che il corpo mi si bloccò, sottomettendosi istintivamente al suo dominio prima ancora che parlasse.

Non avevo mai risposto a quel modo prima d'ora. Conoscevo dei maschi alfa, ragazzi a cui piaceva controllare ogni cosa, ma ne ero sempre stata immune. Con Grigg, ero ben lungi dall'esserlo. Risposi, e quello mi terrorizzò. E fece suonare di nuovo quell'affare, il che voleva dire che mi piaceva. Un sacco.

"Il tuo piacere è mio. Capisci?"

No. Non capivo. A che gioco stava giocando questo tizio, e perché volevo partecipare? "No."

La sua mano grande e calda mi scivolò dalla caviglia alla coscia, fino al congegno sul mio clitoride. Lo rimosse dal mio corpo con lentezza, deliberatamente. "Il test è finito. La tua fica è mia. Ogni centimetro del tuo corpo è mio. Il tuo piacere è mio. Non vieni con una macchina. Non ti tocchi. Vieni solo per me e per Rav. Capisci?"

Cazzo. Questo tizio faceva sul serio?

Non risposi. Si alzò, si slacciò i pantaloni, si mise una mano dentro e tirò fuori un cazzo enorme. Sono certa che strabuzzai gl'occhi per la sorpresa, guardandolo mentre se lo metteva nella mano sinistra, duro, strizzando una grossa goccia di pre-eiaculazione dalla punta. Lo stringeva forte. Raccolse il liquido sulla punta delle dita della sua mano destra, facendosi una sega mentre io lo guardavo. Non potevo distogliere lo sguardo. La sostanza densa si raccolse in numerose gocce che lui raccoglieva.

Non appena aveva cominciato, lasciò il cazzo e lo fece oscillare mentre avanzava, mettendo le sue dita ricoperte di sperma là dove la ventosa era stata attaccata fino a un momento prima. Sul mio clitoride pulsante. Guardò Rav, la cui espressione da stupita si era trasformata in un ghigno complice mentre Grigg parlava. "I monitor vitali sono accesi? Rispetteremo i protocolli?"

"Sì."

Quella parola era tutto quel che Grigg voleva sentire. Mosse le dita in cerchio, spalmando il suo fluido sul mio clitoride, più in basso, attorno ai lati della sonda, là dove spuntava dal mio corpo. All'inizio ero scioccata. Mi chiedevo cosa diavolo stesse facendo. Non avevo bisogno di lubrificante, sapevo che gocciolavo dei miei stessi umori. Non avevo bisogno di essere eccitata ulteriormente, quindi –

Un fuoco m'esplose nel clitoride. Sussultai. I miei fianchi si agitarono sotto il suo tocco sapiente mentre un calore strano mi colmava le vene. I miei capezzoli divennero subito turgidi, al punto di farmi male. Le mie labbra erano piene e pesanti. Mi accelerò il cuore. La fica mi pulsava con dei mini-battiti, così veloci, intensi, che non potevo distinguerli gl'uni dagl'altri, e la mia eccitazione continuava a salire. Dopo quel primo movimento gentile, subito cominciò ad accarezzarmi più forte, lento, mi schiaffeggiò persino il clitoride, forte abbastanza da pungermi, e poi mi accarezzò col suo dito caldo e duro fino a quando non cominciai a gemere.

Era del tutto diverso dalla ventosa. Non era affatto clinico. Era Grigg che mi faceva quel che voleva, quel di cui avevo bisogno. Ma non lo seppi fino a quando non mi spinse a un passo dal limite.

Eppure, continuavo a trattenermi. Mi sentivo così sporca, sbagliata. Non potevo cedere. Non potevo. Era troppo. Una resa colossale del mio io più intimo. Non potevo cedere a questi due estranei che chiedevano troppo da me, dal mio corpo.

Questo era peggio. Di gran lunga peggio rispetto a quando era una macchina a costringermi a venire. Quello era clinico. Questo... come avrei giustificato questa lussuria al mio capo? In che modo il mio desiderio di essere toccata da Grigg mi avrebbe aiutata con la mia missione? Questo non era più un esame medico. Questo era Grigg, il mio compagno, che mi costringeva a sottomettermi al suo tocco, che reclamava il mio corpo come suo.

Mi stavo arrendendo. La mia pelle era ricoperta di sudore. Avevo il respiro affannoso. Il battito cardiaco era alle stelle e potevo resistere a malapena. Era troppo bello. Ero nello spazio da meno di un'ora, e già tradivo la mia gente con questo oscuro bisogno che provava a fuggire. Volevo dare a Grigg quel che voleva, ma non avrei dovuto. Non avrei dovuto.

Guardai in su e vidi che Grigg mi fissava con estrema attenzione. Mi chiesi se stesse contando i miei respiri, o la velocità del mio battito alla base della mia gola. Le sue mani si bloccarono tra le mie pieghe bagnate e aspettai, la mente vuota. Senza volerlo, alzai i fianchi. Ne volevo di più. Lo volevo brutale. Aggressivo. Lo volevo *adesso*.

"Abbasserò la testa e succhierò il tuo capezzolo duro e rotondo. Leccherò quel bocciolo stretto e sensibile per tre volte prima di succhiare talmente tanto forte da marchiare la tua carne come mia."

Cazzo. Mi si strinse la fica. Non potevo nemmeno sbattere le palpebre. La promessa di uno stupido succhiotto non dovrebbe essere così sexy.

Grigg abbassò la testa fino al punto che potei sentire il

calore del suo respiro danzare sopra il mio capezzolo sensibile. "Dopo tre volte, verrai."

Non ebbi il tempo di pensare o ribattere, subito abbassò il capo e cominciò a succhiarmi la carne tenera mentre tornava a massaggiarmi con vigore il clitoride. Prima che potessi elaborare quel che stava facendo, già stavo contando, perché mi avrebbe permesso di venire, e lo volevo da morire. Sarebbe stato così bello, e ne avevo bisogno da *morire*.

Non riuscivo a ricordare l'ultima volta che un uomo, invece di un vibratore o delle mie stesse dita, mi procurò un orgasmo. Di certo non un uomo che sapeva esattamente quel che stava facendo. Se un altro uomo mi avesse dato il permesso di venire e fosse stato abbastanza arrogante da sapere che avrei obbedito, gli avrei dato un pugno in gola. Ma con Grigg... contavo.

Uno.

Due.

Tre.

L'orgasmo mi fece sprofondare, il rilascio fu così intenso, così completo, che non sapevo se stessi gemendo, piangendo o urlando. Forse tutte e tre le cose. Tutto quel che sentivo era piacere, il fuoco che mi ruggiva attraverso, dalla testa ai piedi, la mia fica strinse la sonda così forte che la riempiva che i battiti nel mio nucleo la spinsero fuori dal mio corpo.

Tornai fluttuando verso me stessa. I tocchi gentili di Grigg sul mio addome, e i suoi baci dolcissimi sotto al mio seno, sul mio collo, come un uomo che venera un altare.

Non mi piaceva che la mia fica fosse vuota e spinsi i piedi contro i supporti, muovendomi, cercandone ancora.

Mentre Grigg si rimetteva il cazzo duro nei pantaloni, Rav mi rimosse con gentilezza il congegno dal culo e, nell'attimo in cui uscì, le catene attorno ai miei polsi scomparvero. Grigg mi prese tra le sue braccia come una bambola, mi avvolse nelle lenzuola e mi accoccolò contro il suo petto mentre si sedeva sul lettino. Non lottai contro di lui. Non potevo. Non avevo più alcuna grinta. Ero come creta. Di gelatina. Infranta.

Mi massaggiò le spalle, le braccia, i polsi. Come poteva essere così gentile dopo essere stato tanto esigente, così autorevole, appena un momento prima?

Non potevo pensare a lui, a quel che mi avevano fatto. A come mi sentivo, o a come mi avrebbero fatto sentire. Ero sopraffatta, troppo sazia. Nella mia mente c'era una nebbia soffusa, come quando ci si sveglia da un sonnellino meraviglioso, e non volevo scacciarla. Non ancora. La realtà si sarebbe riaffacciata presto.

Rav mise i suoi attrezzi in una specie di contenitore, forse per pulirli o trattarli, o per qualunque cosa facessero questi alieni con la roba medica usata. Poi si girò verso di noi tenendo tre nastri in mano: due di un profondo blu notte, uno nero.

Li sistemò di fianco a noi sul lettino e sollevò un nastro blu all'altezza del proprio collo. Si chiuse lo strano nastro attorno al collo, formando un collare che gli calzava a pennello. Diede l'altro nastro blu a Grigg, che scosse la testa rifiutandosi di lasciarmi andare per prenderlo. "Mettimelo attorno al collo."

Rav si mise dietro Grigg e gli allacciò il nastro attorno al collo. Immediatamente, il nastro si rimpiccolì e si sistemò attorno al collo caldo e muscoloso del mio compagno primario. Adesso, entrambi indossavano fasce identiche.

Rav girò attorno al lettino tenendo in mano il nastro nero, se lo posò nel palmo aperto e me lo offrì.

"Che cos'è?" Ero curiosa. Toccai quel nastro nero. Era come seta calda, ma più spessa di quanto non sembrasse, simile allo spessore del collare di un gatto sulla Terra, ma di circa un centimetro più largo.

Rav mi rispose: "Questo è il tuo collare da accoppiamento. Devi mettertelo attorno al collo. Non possiamo farlo noi per te."

Confusa, studiai quel semplice pezzo di stoffa nera. "Perché? A che serve?"

Rav sollevò le nocche per accarezzarmi la guancia, e non indietreggiai di fronte a quel semplice gesto. Dopo l'intensità di quanto avevo sperimentato sul lettino, la sua gentilezza era come un balsamo per i miei sensi. "Ti marchia come nostra. Per trenta giorni il tuo collare resterà nero, indicando a tutti che sei in un periodo di rivendicazione attiva con i tuoi compagni. Una volta completata la cerimonia di accoppiamento, il tuo collare diventerà blu, come i nostri, marchiandoti per sempre come compagna protetta e onorata del clan guerriero degli Zakar." Inarcò le spalle e s'impettì orgoglioso. "Siamo una delle più antiche e più forti famiglie di Prillon Prime."

Beh, wow. Compagna di una casata nobiliare aliena. "Che succede se non me lo metto?"

6

Amanda

GRIGG GRUGNÌ E, che sia maledetta, la mia fica si strinse con forza attorno al vuoto, con un dolore che non era il benvenuto.

"Se rifiuti il collare, qualunque uomo privo di compagna che poserà gl'occhi su di te potrà reclamare il diritto di corteggiarti per trenta giorni."

Ero in grado di prendermi cura di me stessa, quindi qual era il problema?

"E se gli dico di no?"

Rav sospirò. "Non puoi, Amanda. Sei stata mandata dal Programma Spose Interstellari, sei una sposa dichiarata, una compagna perfetta per i guerrieri di Prillon Prime. Se ci rifiuti, un altro guerriero ha il diritto di reclamarti per il periodo di corteggiamento di trenta giorni. È troppo tardi per cambiare idea. Ogni maschio che rifiuti sarà sostituito da un altro, e da un altro ancora. Ci saranno duelli mortali. Grandi guerrieri moriranno per avere la loro chance di corteggiarti."

Era una cosa medievale. Stupida. "Duelli mortali? È da folli."

"È l'usanza. Se qualcuno provasse a reclamarti, Amanda, dovrei combattere con lui fino alla morte. E vincerei."

Non ero sicura se la confidenza di Grigg provenisse dalla forza del nostro abbinamento o dalle sue abilità come lottatore.

"Che succede se ho una figlia? Dovrà essere abbinata a qualcuno non appena nasce? Non potrà andare da nessuna parte senza un uomo? È ridicolo."

La rispostò di Grigg rimbombò attraverso il suo petto muscoloso. "No, certo. Noi rispettiamo le nostre donne. Quelle che nascono su Prillon sono protette da tutti i guerrieri del loro clan fino a quando non raggiungono l'età appropriata per accoppiarsi e scelgono di prendere il collare di un compagno."

"Cosa succede se non rimane nemmeno un guerriero? Se rimane orfana? O vedova?"

Era un po' tardi per preoccuparsi dei dettagli, ma proprio non riuscivo a immaginare di partorire una figlia in questo casino, se l'avessero dovuta trattare come una proprietà. Certo, non avrei avuto dei figli. Ero qui per essere una compagna. Non esattamente. Avevo un lavoro da svolgere. Dovevo ricordarmelo. Avevo a malapena finito quel pensiero che le successive parole di Grigg mi fecero sorridere.

"La questione è irrilevante. Ogni uomo che guarderà nostra figlia verrà eliminato."

Rav ridacchiò, ma poi rispose alla mia domanda. "Se tutti i guerrieri di un clan vengono uccisi, le donne rimanenti possono scegliere di appartenere a una delle famiglie guerriere rimanenti per ottenere protezione. Nessuno viene lasciato solo, mai. Questa è la ragione principale per cui tutte le spose Prillon in prima linea vengono onorate con due compagni. Se uccidono uno di noi due, l'amore e la protezione del tuo compagno sopravvissuto si prenderanno cura di te e dei tuoi bambini."

"E poi? Mi viene dato un ulteriore secondo compagno?"

"In genere, sì. Se il tuo compagno sopravvissuto è ancora attivo in combattimento, ti verrà concesso di sceglierne un secondo."

Guardai l'apparentemente benigno nastro nero che avevo in mano e mi sforzai di respirare. Ero stata così arrogante accettando quest'incarico.

Andare nello spazio? Certo.

Essere sottoposta a un programma alieno di accoppiamento? Nessun problema.

Ingannare il mio nuovo compagno, guadagnare la sua fiducia e inviare informazioni alla Terra? Non sembra così facile.

E restare a mente sgombra? Essere professionale? Rimanere calma, avere tutto sotto controllo?

Come mi aveva provato lo sconcertante orgasmo che avevo appena avuto, ero fottuta. In più di un senso.

Rav mi guardò da vicino, come se volesse leggere il nugolo di emozioni che si rimestava dentro di me. Dal momento che avevano un gadget che poteva testare il mio livello di eccitazione, avrei voluto sapere se per caso avessero qualcosa in grado di leggermi la mente. E anche se ce l'avevano, almeno Rav non me lo stava agitando davanti alla faccia.

Non poteva sapere che provavo rabbia, frustrazione, rimorso. Colpa. Ciò mi scioccò. Conoscevo questi uomini da un tempo ridicolmente breve e già mi sentivo colpevole per il mio inevitabile tradimento. E perché? Perché mi avevano fatta sentire bella? Femminile? Perché quello era un orgasmo fuori dal mondo – letteralmente – e ora sarei stata schiava dei miei bisogni? Un'idiota che non era in grado di controllare le proprie emozioni, il proprio corpo? Avevo vissuto l'inferno in battaglia, non potevo rinunciare al mio senso dell'io così velocemente.

Allo stesso tempo, avevo due uomini bellissimi che ovviamente mi desideravano. Sapevano come farmi eccitare senza usare una ventosa succhia clitoride. Quale donna era così stupida da negarsi quello che questi uomini potevano offrirmi? Orgasmi fenomenali, dei cazzo di orgasmi fenomenali. Potevo ottenere le informazioni e allo stesso tempo farmi una scopata. Forse lo dovevo a tutte le donne della Terra: partecipare a tutte le cose a tre a cui potevo partecipare fino a quando c'era da goderne.

Rav annuì guardando il collare. "La scelta è tua, Amanda. Ma non ti prometto che potremo uscire dalla stazione medica senza combattere, se non lo indossi."

"Ma io sono stata abbinata soltanto a voi. Perché gli altri guerrieri dovrebbero volermi?"

Grigg ruotò le spalle, come se si stesse preparando alla battaglia. "Perché sei bellissima, Amanda. E sei una sposa non reclamata. Le donne sono rare qui. Sarebbero più che predisposti a fare la loro mossa, ansiosi di portarti a letto per convincerti."

Desiderosa di riguadagnare il controllo, di respingere, come se mi avessero appena spinta di nuovo sul lettino, feci un'altra domanda. "Cosa succede se non voglio metterlo?"

Rav, gli occhi gentili e color miele di Rav, si fecero ombrosi, del colore dell'ambra scura. "Alla Grigg ed io combatteremo ogni guerriero che ci si parerà davanti nel tragitto tra qui e gli alloggi privati, se necessario."

Sogghignai, ma non c'era traccia di umorismo sul volto di Rav. Mi rigirai tra le braccia di Grigg per vedere se anche lui avesse quella stessa espressione greve sul volto. Erano *serissimi*.

"Un duello mortale?" chiesi.

"Non so cosa accada sulla Terra, ma qui il processo di accoppiamento è una cosa seria. Cruciale. Elementale. Abbiamo un vantaggio, perché siamo stati abbinati. Sappiamo che sei perfetta per noi," chiarì Rav.

"Uccideremo qualunque guerriero che provi a portarti via da noi," aggiunse Grigg. "Tu sei nostra."

In cosa, per l'esattezza, mi ero andata a ficcare? Se volevo lasciare la stanza, dovevo mettermi il collare. Se non l'avessi fatto, si sarebbe scatenato il putiferio. Anche se non mi era mai capitato che degli uomini lottassero per me, questa non sembrava esattamente una rissa da bar. Il termine "duello mortale" mi sembrava abbastanza chiaro, e non volevo che nessuno si facesse male. Avrei indossato il collare, mantenuto la gente in vita, e mi sarei messa al lavoro. E forse mi sarei fatta una scopata nel farlo.

Allo stesso tempo, sentivo che tutto questo era molto importante per Rav e Grigg. Non si trattava di me che indossavo una collana. Questa era il simbolo del loro... essere i miei padroni. Era importante per loro, e indossarlo per motivi fasulli sembrava sminuire quest'importanza. Ancora quel dannato senso di colpa.

Tremavo. Sollevai il collare e me lo strinsi attorno al collo, come avevo visto loro fare. Le estremità si fissarono assieme da sole, e pareva che il nastro si facesse sempre più caldo, bagnato, come se si stesse sciogliendo nella mia pelle, che si stesse fondendo a me –

Qualche istante dopo, sobbalzai nel sentire la mente e il corpo che si riempivano di sensazioni che non mi appartenevano. Un'urgenza primitiva di cacciare. Di proteggere. Di reclamare.

Emozioni e bisogni mi riempirono la mente, e non potei processarle tutte. "Che succede?" Stavo per vomitare. La stanza mi girava intorno. Stavo annegando. Mi coprii la bocca con la mano.

"Respira, Amanda. Ci sono io." La voce di Grigg divenne un'ancora, e mi ci appesi disperatamente per fermare il mulinare di emozioni che mi ruotava dentro mentre Rav parlava.

"Rinchiudi le tue emozioni, Grigg. Ci stai facendo annegare entrambi."

"Non posso. Non fino a quando l'avrò reclamata."

Rav imprecò mentre Grigg si alzava e mi portava fuori dal piccolo ambulatorio privato per entrare nel caos dell'indaffarato reparto medico. Almeno dieci tra pazienti e personale medico si girarono per seguire con occhi curiosi il nostro procedere mentre Grigg mi portava fuori dalla stanza. Vidi altri due con indosso i vestiti verdi di Rav, un maschio della stessa razza, grosso e dorato, e l'altra, una donna più piccola con un paio di strane manette attorno ai polsi e lunghi capelli color ciliegia stretti in una lunga coda che le arrivava ai fianchi. I pazienti erano perlopiù grossi guerrieri diversamente svestiti, le loro armature nere a pezzi attorno a loro, petti muscolosi che si affannavano per il dolore.

Io ero una donna dal sangue rosso, ancora mezza eccitata dopo un orgasmo incredibile. Guardai. Non potevo farci niente. Ero abbinata, non morta.

"Chiudi gli occhi, compagna. Adesso. O sarò costretto a ricordarti a chi appartiene la tua fica bagnata." L'ordine di Grigg mi fece sorridere, perché non mi ero resa conto che le sensazioni che provavo nel guardare quei giganti attraenti venivano percepiti attraverso il collare. Obbedii, non volevo far cominciare qualche casino osservano l'uomo più grosso che avessi mai visto in vita mia. "Che tipo di alieno è?"

Grigg grugnì e continuò a camminare, ma Rav rispose, come se quel che stavo scoprendo fosse totalmente usuale. "È un Signore della Guerra di Atlan. Fa parte di una di quelle poche razze i cui guerrieri sono più grandi dei guerrieri Prillon."

La presa di Grigg si rafforzò quando finalmente fece qualcosa oltre a ringhiare. "Gli Atlan sono guerrieri feroci, e non a capo di tutte le unità di fanteria della Coalizione. Combattono con lo Sciame a terra, combattimento ravvicinato. Quello era il Signore della Guerra Maxus. Combatte con noi da sette anni, e dovrà andarsene presto, la febbre incombe."

"Febbre?"

"Febbre da accoppiamento. Se i guerrieri Atlan non trovano e reclamano una compagna che sia in grado di controllarli, si trasformano in bestie, giganti berserker grossi tre volte quello che hai visto."

"Le loro compagne li controllano?"

"In un certo senso, sì. Si accoppiano solo con esseri capaci di sedare la furia delle loro bestie. Senza una compagna, perdono il controllo e debbono essere abbattuti."

Che diamine? Abbattuti? Come i cani? "Abbattuti, ovvero uccisi? Non può essere vero. È crudele."

"No, è necessario. Non sei più sulla Terra. Non sei nemmeno nella stessa galassia. Qua fuori noi lottiamo per sopravvivere, lottiamo per difendere tutti i mondi della Coalizione, compresa la tua Terra, da un fato peggiore della morte. Non abbiamo tempo per scherzare. Un Atlan si trasformò in un berserker e uccise sei dei miei guerrieri prima che riuscissi a sparargli. Era un amico, un uomo col quale avevo combattuto, e di cui mi fidavo. La mia esitazione costò delle vite, Amanda. Gli Atlan vivono seguendo un codice d'onore differente, un codice severo che fu disegnato per proteggere tutti quelli che combattono per proteggere. Mentre era a terra che si dissanguava, mi ringraziò."

Provai a figurarmi la forza della convinzione, la profondità del dolore che uno potrebbe provare nell'uccidere un amico, e mi si spezzò un poco il cuore a pensare al guerriero che mi trasportava. C'era così tanta umanità che non conoscevo o ignoravo in questi guerrieri alieni sotto il cui dominio adesso vivevamo. Ma era proprio per questo che mi trovavo qui: per imparare, capire, e mandare informazioni alla Terra.

Sentii una porta chiudersi e aprirsi, e poi un'altra. Presto i fiochi suoni delle altre persone svanirono e Grigg mi fece mettere in piedi. Per ragioni che non potevo spiegare nemmeno a me stessa, i miei occhi erano ancora chiusi, come mi aveva ordinato di fare lui. La sua storia mi aveva rattristato, mi faceva provare dolore per lui. Era così difficile per lui, così intrappolato nelle sue scelte, come lo ero io.

Non volevo che mi piacesse troppo. Non volevo nemmeno provare empatia per lui. Oggi non sarebbe stato il mio giorno migliore nel rimanere forte e distaccata. Forse era il collare, forse mi *piacevano* questi uomini. Forse il loro senso dell'onore e del servizio non era poi diverso dai veterani che avevano combattuto sulla Terra.

No, non erano *degl'uomini*. Erano alieni. Prillon. E non voleva dire che avessero ragione. I soldati seguivano gl'ordini. Così le cose erano sempre state. E questi guerrieri, i miei compagni, erano innanzitutto guerrieri. Spettava a me scoprire le motivazioni e le verità dietro quelli che davano gl'ordini.

Quando i miei piedi toccarono il pavimento, Grigg lasciò cadere le lenzuola attorno a me. Le sue braccia erano attorno a me, mi tenevano forte, stringendomi le guance contro il suo petto, il forte battere del suo cuore era stranamente umano e riassicurante, persino attraverso la sua spessa uniforme. Dopo qualche istante, fece correre le sue mani su e giù per la mia schiena, sentendo le mie curve fino all'apice del mio culo, e poi di nuovo su fino alle mie spalle, come se il tocco della mia pelle lo confortasse.

"Rav?" La voce di Grigg era più soffice di quanto l'avessi mai udita, una scusa racchiusa in un'unica parola, e c'era del rimorso nel vortice emotivo che il mio collare mi costrinse a sentire.

"Sì." Era stato veloce. Il dottore era dietro di me, il suo calore era come un fuoco.

"Non posso controllarmi."

"Lo so."

"Prendila." Grigg si mosse appena, mi spinse dolcemente deponendomi nelle braccia di Rav. "Apri gli occhi, Amanda."

Li aprii. Lo vidi allontanarsi e sedersi su una grande sedia vicino a un letto ancora più grande. Il suo sguardo avrebbe potuto perforarmi, avesse avuto forma fisica, e capii che c'era un tumulto di emozioni che s'andava formando come un cratere all'interno del suo petto. Percepii quell'intensità attraverso il suo collare.

"Che stai facendo? Non capisco."

Sapevo che aveva il cazzo duro come una roccia e smaniava di riempirmi. Sapevo che aveva una tale voglia di toccarmi che temeva mi avrebbe fatto male, solo l'avesse fatto. Era spaventato, temeva di perdere il controllo, temeva di essere troppo rude e di spaventarmi. Mentre si spogliava, i giganteschi muscoli del suo petto e della sua schiena mi fecero aumentare la salivazione.

Rav mi avvolse con le sue braccia, e non ero sicura se mi stesse tenendo perché non voleva che fuggissi o solo per potermi sentire. Mi teneva premendomi a sé, la mia schiena contro il suo petto, mentre Grigg si toglieva i pantaloni e li calciava lontani, e il suo cazzo enorme si sforzava di raggiungermi. Era gonfio e spesso, la cappella tonda era larga. Una vena pulsava per la lunghezza rigonfia. Vidi una goccia di pre-eiaculazione sulla punta, la vidi scivolare lungo la corona liscia. Mi leccai le labbra, non potevo non immaginare che sapore avesse quella piccola goccia perlacea mentre mi bruciava in gola e dentro la pancia, o spalmata sul mio seno. E aveva il sapore del fuoco. In qualche modo il liquido mi aveva riscaldato la clitoride, e sapevo che così avrebbe fatto con tutto il resto del mio corpo.

Rav sollevò le mani per afferrarmi i seni nudi e Grigg, guardando ogni mossa, rabbrividì.

"Sì, Rav. Adesso la reclameremo. Scopala. Fa' esattamente come ti dico," ringhiò Grigg.

Grazie allo strano legame forgiato dai nostri collari, sentii Rav irritarsi agli ordini altezzosi di Grigg. I collari erano uno strumento potente e inebriante. Provavo sensazioni che non avrei dovuto provare, sapevo cose che non avrei dovuto sapere, essendo appena arrivata qui. In qualche modo, sapevo che Rav era abituato a prendere ordini dal suo comandante e avrebbe fatto come gli era stato detto, mi avrebbe scopato. Era un ordine facile: era troppo ansioso di toccarmi per poter rifiutare. Il cazzo che mi premeva contro la schiena, forte e grosso, mi disse che era più che pronto a fare qualunque cosa Grigg gli ordinasse di fare. Eravamo entrambi alla sua mercé – e io, di certo, ero alla mercé di entrambi – sotto la sua frusta, e, per qualche motivo, quel pensiero mi eccitò al punto che cominciai a tremare tutta.

Grigg si sistemò sulla sedia, le sue gambe spalancate, il suo cazzo sull'attenti, e le sue braccia distese sui braccioli come un re seduto sul trono. Il re disse: "Sollevala e portala fino al bordo del letto. Mettila giù, supina, così che la sua testa penzoli oltre il bordo. Voglio che mi guardi."

Non lottai contro la stretta di Rav mentre mi sollevava e mi posava su quel letto gigante. Il letto era soffice, di un blu scuro, appena più chiaro dei collari dei miei compagni. Rav mi posizionò sulla schiena, come ordinato, la testa mi penzolava oltre il bordo così che potessi passare lo sguardo dal cazzo di Grigg, su per quell'enorme petto muscoloso, fino alla sua faccia dorata. Nella luce fioca, i suoi occhi erano quasi del tutto neri mentre mi divoravano, mentre si soffermavano sui miei seni che fluttuavano nell'aria. Quando i nostri sguardi si incrociarono, rabbrividii per l'intensità della lussuria che i miei uomini mi trasmettevano.

Dio, amavo quel collare. Sapevo, lo *sapevo* e basta, quanto i miei uomini mi amassero. Non era un gioco. Era qualcosa di... primitivo.

Il ghigno di Grigg era pura arroganza maschile. Studiai il suo volto: quest'uomo che avevo appena incontrato e a cui stavo per concedermi.

"Ti piace, Amanda, quando guardo?"

Cosa? Mai! Mai lo avrei ammesso. "No."

"Ti fa bagnare la fica?"

"No." Che cosa voleva da me? Ero già nuda, sulla schiena, alla loro mercé. Adesso voleva che gli dicessi che lo desideravo. Che gli dicessi che guardasse, come un pervertito? No. No, no. Sapevo che Rav si stava inginocchiando ai miei piedi, in attesa. L'anticipazione ci faceva respirare con affanno.

Lo sguardo di Grigg si stringe. "Vuoi che ci fermiamo?"

Cazzo. No. No che non lo volevo. Volevo tutto questo, qualunque cosa fosse. Non avevo mai pianificato di avere due compagni, mai pianificato di venire dominata così completamente. Mi disturbava quanto lo desiderassi. Ma era troppo tardi per fermarsi. Ero qui, nello spazio. E questi uomini erano miei. Cazzo, erano miei.

"Posso percepire le bugie attraverso il collare, Amanda. La tua mente può provare a rifiutarsi, ma il tuo corpo non ci mente mai. Hai mentito una volta. Non dovresti farlo ancora. Te lo chiederò di nuovo: vuoi che ci fermiamo?"

"No. Non vi fermate."

Soddisfatto, Grigg sostenne il mio sguardo mentre dava un altro ordine a Rav. "Allargale le gambe e senti se ha la fica bagnata."

7

*A*manda

LA MANO dura di Rav si avvicinò alle mie ginocchia piegate e le allargò con forza fino a quando i miei fianchi erano distesi sul letto. Ero agile e d'improvviso ero enormemente grata per i rigorosi allenamenti fisici che non mi avevano mai fatto perdere peso ma mi avevano resa agile e pronta per –

"Oh, Dio."

La lingua di Rav si infilò profonda nella mia fica bagnata e la schiena mi si inarcò sul letto. Cazzo, nessun uomo dovrebbe avere una lingua tanto spessa – tanto lunga. Alzai la testa per guardarlo.

"Guardami." L'ordine di Grigg mi fece stringere la fica attorno alla lingua di Rav, ed entrambi i miei compagni gemettero mentre la mia eccitazione inondava la connessione forgiata dai nostri collari. La lingua di Rav mi accarezzava facendo dentro e fuori, stuzzicandomi il clitoride, e poi scopandomi a fondo. La superfice era più ruvida di quella di qualsiasi altro uomo mi avesse mai assaporato prima d'ora, ruvida ed esperta.

Si fermò, e le sue parole fecero sollevare un sopracciglio a Grigg. "È così bagnata che la sua crema ha rivestito la mia lingua come vino."

"Assaporala ancora, Rav. Leccala e assaporala fino a quando non le tremano le gambe, fino a quando la sua fica non si gonfia per afferrarti la lingua."

Rav tornò a leccarmi e tremai, mordendomi il labbro per trattenere le grida di piacere. Feci cadere la mia testa e guardai Grigg mentre mi osservava tremare, e il contatto visivo mi eccitò ulteriormente. Non avrei dovuto godere del suo sguardo famelico. Non avrei dovuto essere così eccitata all'idea di lui che mi guarda mentre Rav mi scopa con la sua lingua – ma lo ero. Sapevo che se questo fosse andato avanti, lo avrei implorato di prendermi. Implorato di toccarmi. Mi sentii come una pervertita, una ragazza sporcacciona.

"Succhiale il clitoride, Rav. Stuzzicala, ma non farla venire."

Scossi il capo rinnegando il suo ordine: volevo venire. Ma non potevo distogliere lo sguardo dagl'occhi intensi di Grigg che mi guardavano. Notava tutto, ogni piccola cosa, era come se mi penetrasse nella mente. Notò quando la lingua di Rav trovò un punto sensibile e mi fece sobbalzare. Guardava, il suo cipiglio peggiorò quando chiusi gl'occhi per un istante che fu troppo lungo. Ogni pulsazione del mio nucleo vuoto mi faceva gemere di dolore, la mia eccitazione era così acuta che le pieghe della mia fica mi facevano male, erano troppo piene, troppo floride. Le morbide lenzuola sotto di me erano uno scivolo erotico, più morbido della seta, ma quella era l'unica sensazione che mi era concesso provare oltre alla lingua di Rav sul mio clitoride.

Ero vuota. La mia pelle nuda. Nessuno mi toccava oltre alla lingua abile di Rav.

Volevo essere toccata. Ne avevo bisogno, avevo bisogno

della connessione con un altro essere. Mi sentivo come se stessi fluttuando. Come se non fossi reale. Cominciai a sentirmi persa. Sopraffatta.

"Scopala con le dita, Rav. Falla venire. Tanto." Le parole di Grigg sollecitarono un ringhio dall'uomo tra le mie gambe mentre sentivo che tre dita mi spalancavano, scopandomi mentre la lingua si dava da fare sulla mia clitoride.

Delle mani si posarono sulle mie spalle e mi tennero giù. Grigg. Non lo avevo sentito muoversi. La pressione delle sue mani mi bloccava. Non potevo andare da nessuna parte. Non potevo fuggire. Ero in trappola. Bloccata tra di loro e così eccitata che il cervello mi si era spento. Mi sentivo come un animale, una cavalla selvaggia che veniva domata.

"Guardami, Amanda. Guardami mentre vieni."

Non mi ero accorta di avere gl'occhi chiusi. Li aprii e immediatamente il mio sguardo si bloccò su quello di Grigg, su quello del mio compagno.

Si sporse in avanti, guardando il mio petto che ansimava, i miei fianchi che tremavano. Avevo la schiena inarcata, e sollevai i fianchi provando a fuggire dalla bocca e dalle dita che mi stavano portando in luoghi in cui non ero mai stata. Era troppo. Troppo intenso. Non potevo sopportarlo. Stavo per esplodere.

"È... non... oddio –"

Rav mi ringhiò, la sua intensità animale mi colpiva attraverso il collare mentre seguiva tutti miei movimenti e spasmi. La presa di Grigg si intensificò. Il mio corpo era in trappola.

"Vieni, Amanda. Adesso."

La mia mente – il mio corpo era loro da un pezzo – era sparita, trattenuta nell'autorità del controllo di Grigg che mi sopraffaceva. Il comando di Grigg fece scattare qualcosa dentro di me, qualcosa di oscuro e bisognoso, che persi il senso di me, il mio corpo gli rispose istintivamente e gridai cadendo in pezzi.

Grigg sostenne il mio sguardo mentre mi frantumavo. Era la mia ancora e il mio desiderio, e il suo bisogno mi eccitò ulteriormente. Quando l'orgasmo si restrinse, diminuì, e poi si spense, non ero calma. Non ero sazia.

Ero fuori di me. Gemevo. Imploravo. Volevo che mi scopassero, mi reclamassero, mi facessero loro. Ne volevo ancora. Il mio corpo vorticava più in alto di quanto non avesse appena fatto, sull'orlo di un altro orgasmo per il gentile entrare e uscire delle dita di Rav dalla mia fica bagnata, il soffice rombo della sua soddisfazione mentre mi leccava gentile la clitoride, assaporandomi a breve sorsate come fossi il più saporito dei vini.

Non volevo che fossero dolci o gentili. Volevo che fossero rudi, forti, veloci. Volevo che mi scopassero. Mi riempissero. Mi possedessero.

"Ora," implorai.

Le mani di Grigg si mossero verso il suo cazzo, lo afferrarono con una presa salda e lo massaggiarono. Il suo corpo massiccio era teso come quello di un predatore pronto ad attaccare. Invece di spaventarmi, mi fece eccitare ancora di più. Lo volevo. Adesso. Adesso, cazzo.

"Scopala, Rav. Riempi quella fica col tuo cazzo duro."

Lo shock di Rav era come una scossa elettrica attraverso la nostra connessione. "Cosa?"

"Mi hai sentito."

Sostenni lo sguardo di Grigg mentre sentivo la confusione di Rav sbocciare attraverso il collare. "Io sono il suo secondo compagno, Grigg. Tu sei quello che deve scoparla. Il suo primogenito è tuo di diritto." Le proteste di Rav fecero innalzare Grigg, lo fecero svettare sopra di me. Per la prima volta, aveva mosso il suo sguardo da me verso il suo secondo.

"Scopala, Rav. Tu sei mio, lei è mia. Il tuo cazzo è mio. Il tuo seme è mio. Se porterà in grembo tuo figlio, sarà il figlio del clan di Zakar. Scopala. Riempila. Adesso."

Lo shock di Rav si estinse, rimpiazzato dalla lussuria, dal

desiderio, dal calore e da una strana solitudine che mi fece sussultare. L'intensità del suo bisogno rompeva le pareti del mio cuore che non avevo mai fatto toccare a nessuno. Lo toccai con entrambi le mani, non potevo farne a meno. "Rav."

Il suo corpo si mosse sopra il mio, premendomi a fondo contro il materasso. Il suo cazzo mi spingeva aprendomi mentre la sua bocca ricercava le mie labbra.

"Scopala. Scopala duramente." Grigg ora passeggiava attorno al letto, e ci guardava. Era in attesa, come un predatore pronto a colpire, ad avere il suo turno con la preda. La sua soddisfazione che riverberava attraverso il mio corpo mi diede tanto piacere quanto il petto duro e caldo premuto contro il mio, le labbra che reclamavano le mie.

Rav mosse i fianchi, il suo cazzo premette in avanti, spingendo verso la mia entrata. Ce l'aveva così grosso che le grandi labbra della mia fica gli si spalancarono attorno. Strappai la mia bocca lontana dalla sua, il mio collo si inarcò all'indietro mentre lottavo con la sensazione che provavo mentre mi riempiva lentamente, spalancandomi e tenendomi sull'orlo tra piacere e dolore. Fremetti. Mossi i fianchi per aggiustarmi alla sua grandezza.

"Prendilo, Amanda. Solleva i fianchi. Scopatelo. Prendi il suo cazzo dentro la tua fica bagnata. Avvolgi le gambe attorno ai suoi fianchi. Apriti. Non ci puoi tenere fuori. Tu ci appartieni. Puoi prenderlo. Scoparlo. Rivendicarlo. Marchiarlo, compagna. Lascialo entrare."

Era un tale casino. Non riuscivo a far ordine nel crogiolo di emozioni che mi soffocavano. Le mie. Quelle di Rav. Quelle di Grigg. Tutto era una massa confusa di voglia, lussuria, desiderio, solitudine, bisogno.

Era il piacere a farmi a pezzi. Il loro? Il mio? Non ne avevo idea e non mi importava. Avvolsi le gambe attorno ai fianchi di Rav e inclinai il bacino, fornendogli l'angolo di cui aveva bisogno per riempirmi con un unico lento movimento del bacino.

Accolsi l'allargarsi, il dolore che presto si tramutò in un piacere stordente. Non era mai stato così. *Mai.*

"Scopala, Rav."

Le mani di Rav si attorcigliarono con le mie, palmo a palmo, le dita intrecciate mentre mi premeva contro il letto, la sua lingua si immergeva a fondo mentre solleva i fianchi e si infilava dentro di me, ancora e ancora, con ritmo crescente, e io gemevo, e il mio orgasmo cresceva.

Ero sull'orlo, sul filo del rasoio, un altro colpo. Un altro ancora.

"Fermati." L'ordine di Grigg mi fece gridare in protesta, ma Rav si fermò, il suo cazzo infilato fino in fondo nella mia fica. Avevo bisogno che si muovesse, dannazione!

"No." La mia protesta era affannosa e fiacca, e Grigg ebbe l'audacia di ridacchiare.

"Non preoccuparti, compagna," mi rispose. "Ci prenderemo cura di te."

Quell'oscura promessa mi fece stringere la fica, e Rav ringhiò. Del sudore gocciolò dalle sue sopracciglia sul mio seno. Era vicino a venire, questo ritardo era impossibile anche per lui. "Che cosa vuoi, Grigg?"

"Girati sulla schiena, ma non far uscire il cazzo dalla sua fica."

In un secondo, Rav rotolò e giacque sotto di me, il suo cazzo mi riempiva ancora di più in questa nuova posizione, a cavallo dei suoi fianchi, e sussultai. Dovetti mettere le mani sul suo petto per bilanciarmi, e il suo calore caldo quasi bruciava sotto i miei palmi. Incapace di resistere, strusciai il clitoride contro il suo addome duro, feci cadere la testa all'indietro, gl'occhi chiusi nell'abbandono. Così vicina. Ero così vicina, cazzo.

Smack!

La mano di Grigg mi piombò sul culo con un dolore acuto e

sobbalzai per lo shock. Lo schiaffò divampò in calore e mi mossi facendo entrare il cazzo di Rav ancora più a fondo, così che il mio sussulto sciocato si tramutò in un gemito. "Che cosa stai facendo?" ringhiò.

Girai la testa e vidi che Grigg era vicino a me, le braccia incrociate.

"Io –"

"Tienila giù, Rav. Tieni il tuo cazzo dentro di lei, ma non farla muovere."

"Cosa?" gridai. "Sei sempre... sei sempre così prepotente?"

Le braccia di Rav mi avvolsero le spalle e mi tirò giù così che il mio petto era premuto contro il suo. Lo guardai, l'angolo della sua bocca era all'insù. "Con prepotente, immagino tu voglia dire al comando. Sì, dice sempre alle persone quel che devono fare."

Le sue grosse braccia erano come bande di acciaio attorno alla mia schiena, il suo cazzo mi riempiva e il mio culo era su per l'aria, vulnerabile in un modo che non ero sicura mi piacesse. Le parole di Rav, che Grigg era così dominante per natura, mi rassicurarono. Sentii anche che Rav era abbastanza forte da potermi proteggere dal dolore, e anche da Grigg, se necessario.

"Cosa... cosa stai facendo?" chiesi a Grigg, le parole mi sfuggivano ad ogni veloce respiro ansimante. "Perché... perché mi hai fatto fermare?"

Grigg sollevò un sopracciglio. "Mi hai mentito, compagna. Ti piace quando ti guardo. Ti piace quel che ti stiamo facendo. Credo di averti già detto che, se menti ai tuoi compagni, verrai punita."

Il mio cervello era avvolto da una tale nebbia lussuriosa che dovetti sforzarmi per quasi un minuto prima di poter ricordare la conversazione che avevamo avuto nella stazione medica. Mentire ai miei compagni era proibito, e mi sarebbe costato un... "Non puoi essere serio."

La risposta di Grigg fu di sculacciarmi.

"Grigg!" gridai. Il dolore si tramutò in calore e lucentezza.

Mi sculacciò ancora.

E ancora.

Smack.

Smack.

Smack.

"Grigg!"

Del fuoco divampò dal mio sedere dolorante mentre continuava a sculacciarmi. E più provavo a spostarmi, più mi dimenavo duramente contro il cazzo di Rav, fino a quando la vampata della sculacciata e la sensazione sull'orlo del dolore di Rav che mi riempiva in tutta la sua lunghezza mi spinsero verso un altro orgasmo più velocemente di quanto potessi sostenere o comprendere.

Afferrai le spalle di Rav, le mie unghie s'incavarono nella sua pelle.

Il primo palpito mi fece gemere, ma la mano veloce di Grigg era sepolta nei miei capelli e mi teneva la testa sollevata così che lo guardassi. "No. Ancora non ti è permesso di venire, compagna. Non ancora."

"Cosa? Io non –" Le sue parole mi spensero il corpo e piansi di bisogno. "Per favore."

Fece scorrere la mano gentile lungo la mia schiena, si allontanò, prese qualcosa dai cassetti, e ritornò. Ogni secondo sembrò lungo un'ora. Il petto di Rav si gonfiava sotto il mio come se, anche lui, sentisse la pressione del doversi trattenere.

Guardai Rav, sperando che potesse aiutarmi a capire Grigg. "Shh," sussurrò. "Lui sa di cosa hai bisogno."

Ne dubitavo, ma quando Grigg si inginocchiò dietro di me sul letto e mi mise gentilmente la mano sul culo, sospirai sollevata. Forse Rav aveva ragione. Forse Grigg sapeva di cosa avessi bisogno, ma era tremendamente lento a darmelo.

Un secondo dopo, mi stavo dimenando di nuovo mentre mi

massaggiava quello stesso olio caldo che ricordavo di già aver sentito nel mio altro buco quando eravamo nella stazione medica.

"Aspetta!"

Smack!

"Sta' ferma, compagna. Ti sto inserendo un piccolo congegno di addestramento qua dietro, così che, quando Rav ed io ti reclameremo assieme, non sentirai altro che piacere mentre i nostri cazzi ti riempiranno."

Dio, di nuovo quel sogno. Due uomini. Che mi riempivano. Che mi facevano –

"Ahh –" mi dimenai a quella stramba sensazione mentre Grigg mi infilava quel congegno. Come aveva promesso, non era grosso, ma avendo il cazzo di Rav tutto dentro di me, mi sentii piena all'impossibile. Troppo piena. Era troppo. "Non posso... è –"

"Rav." L'unica parola di Grigg fece muovere i fianchi di Rav sotto di me, facendo strusciare il suo corpo duro contro la mia clitoride. Oh, sì, quello era bello.

"Stringigli il cazzo, Amanda. Stringiglielo fino a quando viene." Ero ben oltre il chiedere qualunque cosa. Oltre l'implorare. Oltre persino il pensare quando intenso e dominante fosse Grigg. Ero completamente alla loro mercé. Se volevo venire, dovevo fare come diceva Grigg. lo volevo, e forse era a causa del collare, ma sapevo che Grigg mi stava dando solo quel che potevo sopportare, quel che *volevo* nel profondo. Forse così nel profondo che nemmeno io ne ero conscia.

Ero distesa immobile in cima a un compagno mentre l'altro mi massaggiava e giocava con il congegno che avevo su per il culo, e obbedivo. Strinsi i muscoli interni attorno alla dura asta di Rav, e rilasciai, e lo feci ancora e ancora, fino a quando il suo battito cardiaco galoppava e il suo corpo si fece teso sotto di me. Il respiro affannoso di Rav era un rimbombo oscuro.

"Vieni, Rav," ordinò Grigg. "Ora. Riempila con il tuo seme."

Grigg mi massaggiava il culo, mi spalancò le labbra della fica mentre Rav veniva con un urlo, il suo cazzo si muoveva a scatti e mi riempiva con il suo seme.

Mi aspettavo il fuoco di quel calore delizioso, perché c'era un qualche strano elemento chimico nel loro seme che veniva assorbito dal mio corpo. Lo aspettavo, perché l'avevo sentito prima nell'ambulatorio quando Grigg mi aveva toccato la fica con la punta delle sue dita impiastricciate di pre-eiaculazione, ma non potei controllare la mia reazione.

Esplosi. E nessun gesto o parola avrebbe potuto fermare l'eruzione di quella gioia che mi rotolò attraverso il corpo. Temetti che il cuore potesse esplodermi, temetti che non sarei sopravvissuta a quell'intensità. Gridai, chiusi gl'occhi e tesi ogni muscolo del mio corpo. Soccombetti, mi donai completamente ad esso.

Nel mezzo di quell'orgasmo, fui strappata via dalle braccia di Rav, sollevata via dal suo cazzo e trascinata fino all'orlo del letto, i miei fianchi tirati fino all'orlo. Giacevo ancora sullo stomaco. Grigg mi allargò le ginocchia e si inginocchiò dietro di me. Con un unico, armonioso movimento – il seme di Rav gli aveva spianato la strada – mi riempì con il suo cazzo enorme. Il mio orgasmo ancora non era finito, e il mio corpo si increspò attorno alla sua asta e cominciai a mungerla.

Le sue mani sui miei fianchi erano ruvide e urgenti mentre mi tirava indietro a ogni movimento dei fianchi. Lo incontravo a ogni colpo, spingendo all'indietro per prenderlo più a fondo. "Sì!" gridai, ne volevo ancora e ancora, qualunque cosa potesse darmi.

"Toccale il clitoride, Rav. Falla venire di nuovo." Grigg era quasi senza fiato, ma le sue parole erano chiare, e subito Rav si mosse sul letto. Giaceva sulla schiena, la sua faccia a un centimetro dalla mia, le sue lunghe braccia si infilarono tra il mio corpo e il letto e trovarono il mio clitoride, e mi massaggiò mentre Grigg mi scopava da dietro. Qualunque cosa mi avesse infilato nel sedere spingeva sempre più a fondo a ogni colpo, il suo bacino era il perno che lo teneva al suo posto.

Rav sembrava disorientato, scosso nel profondo, e io conoscevo quella sensazione. Non avevo nessuna intenzione di toccarlo, eppure lo feci, tirai la sua bocca contro la mia, baciandolo con ogni grammo di desiderio dentro il mio corpo. Mentre Grigg mi scopava duramente da dietro, i miei baci erano sensuali e teneri, un'esplorazione e una gentile rivendicazione tutte mie.

Ero scioccata mentre il mio corpo vorticava ancora una volta verso l'alto. Il seme di Rav era come fuoco nelle vene. La sensazione di venire riempita in entrambi i buchi? Quattro mani sul mio corpo. Due bocche sulla mia pelle. Tutto era combinato in modo tale da spingermi oltre il limite, ancora una volta.

Non mi ero mai sentita così prima d'ora. Selvaggia e indomita, disinibita. L'orgasmo era stato diverso da tutti gl'altri. *Niente* era mai stato così. Attraverso il collare sentivo il loro bisogno disperato di venire e ciò non fece altro che amplificare il mio. Era un circolo che turbinava, innalzandoci tutti e tre sempre più in alto.

Grigg ringhiò mentre la mia fica lo stringeva come un pungo, il suo seme pompava dentro di me come benzina sul fuoco, e il mio orgasmo continuò e continuò fino a quando, infine, collassai sul letto. Il cazzo di Grigg mi riempiva ancora. Il suo corpo duro si posò su di me, un peso benvenuto sulla mia schiena.

Giacemmo a quel modo per lunghissimi minuti. Tutti e tre faticavamo a calmarci, a respirare. La mano di Rav mi carezzava i capelli. Grigg mi toccava i fianchi, le sue mani mi toccavano con gentilezza ai lati del seno fin giù alle cosce, le sue labbra tracciavano i rigonfiamenti della mia spina dorsale su e giù per il mio collo.

Chiusi gl'occhi e lasciai che mi avessero. Ignorammo tutti le lacrime che spillavano dalle mie palpebre serrate. Ero svuotata. Avevo dato loro ogni cosa. *Ogni cosa.* E adesso ero divelta a metà. Avrebbero visto l'oscurità dentro di me, mi avrebbero conosciuto come nessuno aveva mai fatto fino ad ora. Ero aperta ed esposta. Vulnerabile e debole, solo per loro.

E in quel momento capii quanto ero fottuta. Sarebbe stato troppo facile innamorarmi dei miei compagni, volere questa vita da favola che mi offrivano. E più giacevo tra di loro, sentendomi voluta, desiderata, e preziosa, e più realizzavo che tradirli avrebbe infranto qualcosa dentro di me.

Eppure, non potevo voltare le spalle al mio popolo. Dovevo scoprire esattamente cosa implicasse la minaccia dello Sciame, e recuperare la maggior quantità possibile di informazioni da mandare sulla Terra. Lasciare l'umanità all'oscuro, alla mercé della Coalizione Interstellare, non era contemplato, non importava quanto pazzesco fosse il sesso con i miei compagni.

Non ero io solo una stronza?

8

Grigg

NON AVEVO DORMITO. Restai tutta la notte sveglio a guardarli, avvolti l'uno nell'altro, avvolti attorno a me.

Amanda, la mia bellissima compagna, dormiva nuda con la testa poggiata sulla mia spalla, la gamba intrecciata alla mia, il braccio lungo il mio petto. Anche nel sonno si girava verso di me. Quella vista mi fece esplodere la speranza nel petto, la speranza che lei avrebbe potuto essere la mia vera compagna, che avrebbe potuto imparare ad amarmi.

La sua schiena era contro Rav. Il corpo di lui la avvolgeva da dietro, in una stretta protettiva che non potevo non approvare. Il suo braccio era disteso e anche la sua mano riposava sul mio petto, le sue dita erano delicatamente avvolte attorno al polso di Amanda. La stringeva persino nel sonno. Il suo tocco non la allarmava. Anche lui era mio allo stesso modo e non avrei potuto scegliere un secondo compagno migliore di lui. Era un fiero guerriero del nostro clan, estremamente intelligente e feroce quando necessario. Sarebbe stato un ottimo compagno per la nostra Amanda e, con il suo grado di ufficiale maggiore medico, il rischio che la nostra compagna rimanesse senza protezione per la morte dei due guerrieri era minimo. Fossi morto nella prossima uscita, lui si sarebbe preso cura di lei, l'avrebbe amata, scopata –

Il solo pensiero fece smuovere qualcosa di oscuro e bisogno nelle budella, qualcosa che mi graffiava dentro, come degli artigli, e l'anima mi sanguinava, doleva, desiderava. Un senso di inevitabilità mi si posò sopra come una tempesta nera, un senso di inquietudine che mi portavo dietro da tutta la vita. Mio padre aveva ragione. Non ero adatto al comando. Ero debole. Sentimentale. La mia mente si intasava con emozioni e bisogni che nessun vero guerriero osava avere. Non sapevo nemmeno esistessero, prima d'ora. Prima di Amanda.

Incapace di scacciare il dolore, mi liberai delle braccia e delle gambe dei miei compagni e in silenzio scivolai fuori dal letto.

Fanculo il Capitano Trist e la sua intromissione. C'era un motivo se non avevo mai richiesto una compagna. Non mi aspettavo di vivere abbastanza a lungo da rivendicare una donna e farla mia. Rav aveva sempre saputo che sarebbe stato il mio secondo, ma gli avevo detto più e più volte che, se voleva richiedere una compagna tutta sua, come compagno Primario, avrebbe dovuto farlo. Il suo rango e il suo status erano adatti. Moltissimi guerrieri sarebbero stati onorati di essere il suo secondo.

Si rifiutava. Stringemmo un patto, quando eravamo solo dei ragazzi: non ci saremmo mai abbandonati l'un l'altro, e l'avevamo sempre onorato.

Spesso sarebbe stato più facile per me se Rav mi avesse abbandonato, me e i miei modi testardi. Volevo che fosse felice, ma ero grato che la sua fedeltà era ed era sempre stata incrollabile. A dire il vero, mi affidavo alla sua mente acuta e alla sua influenza calmante più di quanto non volessi ammettere.

Eppure, avevo aspettato, concentrato più sulla possibilità di morire che di vivere, di avere una vita, una famiglia.

Amanda. Sospirò teneramente e si mosse sul letto cercandomi nel sonno. Quando le sue braccia non mi trovarono, si voltò verso Rav e la sua fronte e il suo naso si premettero contro il petto di lui. Le braccia di Rav la avvolgevano in una gabbia protettiva mentre lei gli si accoccolava stretta e ricadeva nei suoi sogni.

Amanda era imprevista, e così la mia reazione nei suoi confronti. Tutto di lei era perfetto. Non potevo smettere di ammirare i suoi strani capelli scuri, o i suoi fianchi e le sue cosce, morbidi e tondeggianti. Il lussurioso cuscino che era il suo addome e i suoi seni pieni. Le sue labbra rosa, da baciare, così come la sua fica. Mi ero quasi perso nei suoi occhi mentre Rav la faceva venire, mentre il piacere la invadeva ed entrambi si arrendevano a me, al mio controllo. Più chiedevo, più velocemente lei si scioglieva, sottomessa. Lo avevo percepito, grazie al collare sapevo che lei lo voleva. No, che ne aveva *bisogno*, così ardentemente come io avevo bisogno di dominare. Era così perfetta per me, cazzo.

Ancora più scioccante era il bisogno feroce che avevo di controllare Rav, di dirigerlo, di possederlo tanto completamente quanto possedevo la mia compagna. Non me lo volevo scopare, ma avevo bisogno di possederlo, controllarlo, proteggerlo e prendermi cura di lui. Il bisogno ruggì prendendo vita, sbucando dal nulla, proprio nel momento in cui la nostra compagna era tra di noi.

Lui era mio, e io non riuscivo a capire la ferocità del mio bisogno istintivo di accertarmi che lui capisse e accettasse il mio dominio, la mia protezione, così come faceva Amanda. D'improvviso, mi irritò che gli affetti personali di Rav fossero ancora nei suoi alloggi privati e non qui, con me e la nostra compagna, dove avrebbero dovuto essere. Scacciai lo strano bisogno di svegliare Amanda e parlarle, di farle domande sulla sua vita e di farle fare un giro della nave, di mettermi in mostra come una giovane recluta che tenta di far colpo su una donna e non come un comandante che non aveva bisogno di far colpo su nessuno.

Invece di preoccuparmi di comandare, delle missioni di ricognizione, della strategia di battaglia, sedevo al buio come uno sciocco e ammiravo la sua bellezza. Contai i suoi respiri, lottando con l'urgenza di svegliarla e possederla di nuovo, lentamente. Immaginai di baciarle le labbra, di tratteggiare la sua carne con le dita, di imparare ogni curva e fossetta e buco, i posti più sensibili della sua pelle, quelli che l'avrebbero fatta sciogliere, o ansimare, o venire. Sedevo da solo nel buio, chiedendomi se i miei compagni avevano avuto quel di cui avevano bisogno per sistemarsi, per essere soddisfatti, contenti. Chiedendomi se io fossi abbastanza per loro. Avevo bisogno di essere sufficiente.

Non avevo avuto mai bisogno di un cazzo di niente. Non avevo bisogno di complicazioni. Combattevo con i cyborg dello Sciame. Scopavo per piacere. Combattevo fianco a fianco con i miei guerrieri per quietare la furia ch'avevo nel sangue, per scacciare l'abisso di rabbia che minacciava di annegarmi ogni volta che parlavo con mio padre o vedevo un altro guerriero morire in battaglia. Eppure, tutto era calmo quando ero dentro Amanda, quando la facevo venire, quando la riempivo con il mio seme.

Mentre guardavo i miei compagni, qualcosa di feroce e famelico nacque dentro di me e temetti che niente avrebbe potuto calmarmi adesso.

Mi sentivo come uno straniero dentro la mia stessa pelle, uno straniero con pensieri e desideri che non riconoscevo e non potevo controllare.

Rimuginare al buio non era qualcosa che mi piacesse, così

mi alzai e in silenzio mi lavai nell'unità GM. Mentre mi siste-
mavo un'uniforme pulita sulle spalle, sentii il peso del
comando, la responsabilità mi calmò come nient'altro aveva
mai fatto prima d'ora, in un modo del tutto differente dalle
sensazioni che provavo con la mia compagna. Questo era familiare, normale. Confortevole.

Cinque minuti dopo mi trovavo sul ponte di comando, la
mia mente beatamente svuotata dalla voglia, dal bisogno, dal
desiderio e dalla confusione mentre scorrevo i rapporti di ricognizione, parlavo con i migliori capitani dell'aviazione riguardo
le battaglie imminenti. Avevano notato il collare, ma furono
abbastanza saggi da non menzionarlo sul momento. Non
quando sapevamo che c'erano questioni più urgenti rispetto a
me che prendevo una compagna.

Lo Sciame sarebbe arrivato. La famelicità dello Sciame nel
trovare nuovi corpi, nuovo materiale grezzo per i loro Centri di
Integrazione, era insaziabile. Consumavano tutta la vita, era il
loro modo di esistere. E il mio battaglione era in prima linea,
così vicino al centro di comando dello Sciame che spesso
combattevamo due o tre volte le battaglie settimanali degli altri
settori.

In precedenza, quel pensiero mi aveva riempito di arroganza. Eravamo uno dei settori più vecchi e mortali della
guerra. Mio padre lo sapeva, e le sue aspettative verso suo figlio
erano l'unica cosa più grande del suo orgoglio per il clan guerriero degli Zakar. Il Battaglione Zakar non si sarebbe mai
trasferito, non si sarebbe mai arreso. Il nostro clan combatteva
qui da centinaia di anni.

"Comandante, le comunicazioni." Il mio ufficiale di comunicazione mi parlò dal suo pannello di comunicazione.

"Mio padre?"

"Sì, signore."

Perfetto. Proprio quello di cui non avevo bisogno adesso,
cazzo. "Passamelo attraverso il Nucleo." Il Nucleo era il nomi-

gnolo che avevo dato alla stanza riunioni che si trovava su ogni nave. Quello spazio privato era stato pensato per incontrarsi con gli alti ufficiali per discutere di strategia o degli affari della nave. Qui mi incontravo con i miei capitani, redarguivo i guerrieri e pianificavo le mie battaglie.

Lasciai il ponte di comando ed entrai nella sala riunioni. Un attimo dopo che la porta si chiuse dietro di me, la faccia arancio scuro di mio padre riempì lo schermo vicino alla parete più lontana. Avevo i suoi occhi, ma il resto di me, la tonalità dorata della pelle, era di mia madre. Il suo colorito era stato tramandato dai lignaggi più antichi e mi aveva sempre guardato dall'alto in basso per non aver ereditato la sua scura tonalità.

"Comandante." Non mi chiamava mai per nome, solo con il mio rango, come se non fossi suo figlio. Soltanto un soldato. "Ho letto gli ultimi rapporti."

"Sì, Padre. Lo sciame è stato eliminato dal nostro sistema solare."

"E ti hanno quasi ucciso."

Eccolo, ci risiamo... "Sto bene."

"Dannazione, figliolo. Sei stato debole oggi. Un imbarazzo. Ti avevo avvertito: passa del tempo nel simulatore di volo prima di prendere i comandi di un altro stormo. Puoi fare di meglio. Sei uno Zakar. Non sopporterò che delle donne stiano a ridacchiare e a spettegolare su come tu ti sia fatto sbalzare fuori dalla tua navicella e abbia fluttuato nello spazio come un sacco di spazzatura."

"Mi dispiace averti deluso." La tirata di mio padre continuò per diversi minuti, descrivendo nel dettaglio gli sguardi empatici e le domande preoccupate che si era dovuto sciroppare quella sera al palazzo del Prime. Mi massaggiai la nuca, facendo del mio meglio per ignorare il bolo di bile che mi si rigirava nello stomaco ogni volta che dovevo guardare in faccia l'uomo che mi aveva generato.

"Non lasciare che accada di nuovo. Sei uno Zakar."

Non si disturbò a dire 'arrivederci', o a chiedermi come mi sentissi. Non gl'importava. Si aspettava che io sopravvivessi, che facessi meglio, che onorassi il nome di famiglia.

Erano anni che ascoltavo le sue ramanzine. Non mi facevano accelerare il battito o addolorare il cuore da un sacco di tempo. Non da quando ero ancora nell'accademia. Non gli avevo più permesso di sbilanciare il mio equilibrio emotivo. Eppure, stanotte, sprofondai nella sedia vuota più vicina al tavolo delle conferenze, la testa tra le mani.

Odio. Furia. Rabbia. Vergogna. Amore. Mi si rivoltarono e rimescolarono nel petto fino a che non potei più respirare.

———

Conrav

AMANDA GIACEVA tra le mie braccia, il suo respiro una carezza calda sul mio petto. La sua testa era infilata sotto il mio mento, il suo corpo nudo premeva contro il mio mentre la stringevo.

La mia compagna.

L'avevo aspettata per anni, avevo pregato gli dei che Grigg potesse un giorno essere pronto per chiamarla, rivendicarla.

Ero un ufficiale anziano. Avrei potuto richiedere una sposa da solo ma, ogni volta che consideravo quest'opzione, l'unica cosa che potevo vedere era Grigg, perduto e da solo. Non era mio fratello di sangue, ma l'avevo scelto come fratello e non potevo abbandonarlo, così come lui non poteva abbandonare un guerriero ferito sul campo di battaglia.

L'agonia che mi trafiggeva il corpo era la sua. La nuova connessione con la nostra compagna, il legame emotivo dei nostri collari, mi trasmetteva il dolore di Grigg mentre andava in pezzi così chiaramente, che era come se lui fosse qui accanto a me.

Dopo pochi secondi, anche la nostra compagna si agitò. I suoi respiri veloci e la mano che palpitante le copriva il petto erano la prova che anche lei provava dolore. Il nostro legame era saldo, più forte di quanto avrei potuto credere possibile dopo una sola rivendicazione.

"Che c'è che non va?" La sua voce era un mugolio. Tese il suo corpo, ma non si liberò dal mio abbraccio. "Grigg."

"Sì, Grigg." Sospirai, baciai la nostra compagna sulla fronte e, riluttante, la lasciai andare mentre rotolava fuori dal letto. "Se devo tirare a indovinare, ha appena finito di parlare con suo padre."

Si sedette sul letto, nuda in tutta la sua gloria, così bella che non potevo distogliere lo sguardo dalla sua carne nemmeno mentre mi rimettevo l'uniforme.

"Suo padre?" Amanda tirò le lenzuola per coprirsi i seni, i capelli neri le cadevano selvaggi oltre le spalle. Persino il dolore di Grigg non era sufficiente a impedire al mio cazzo di mettersi sull'attenti a quella vista.

"Generale Zakar. Fa parte del consiglio Prime."

"Ma –" si massaggiava il seno, come se provasse davvero dolore. "Non capisco."

Rivestitomi, tornai verso il letto e mi abbassai per piazzarle un bacio sulle labbra soffici e rosee. Oh, dei, era squisita, ed era mia. Mia e di Grigg, e adesso quello stronzo aveva bisogno di me. "Torna a dormire, compagna. Ci penso io."

Mentre me ne andavo mi guardò con un pizzico di rabbia negli occhi, un fuoco che era il benvenuto. Ne avrebbe avuto bisogno per poter sopravvivere a questo accoppiamento. Grigg s'era fatto volubile, il suo bisogno di controllo mi eccitava e mi terrorizzava allo stesso tempo. Non mi facevo scrupoli a scopare la nostra compagna seguendo le esatte indicazioni di Grigg. Il fatto che mi avesse ordinato di scoparla, di riempirla con il mio seme – e di farlo prima di lui – mi aveva scioccato, era un onore talmente grande... mai avevo pensato che il nostro primogenito potesse davvero appartenere a tutti e due. Non avremmo mai avuto modo di sapere, né ora né mai, chi fosse davvero il padre del piccolo. L'onore e la generosità di quell'atto mi fecero più umile, e l'atteggiamento dominante di Grigg mi fece sorgere nella mente un misto di accettazione e confusione.

Era sempre stato insolente, impulsivo, arrogante, un po' selvaggio. Adoravo quest'aspetto di lui, ero stato in così tante avventure combattendo dietro di lui. Ma non avevo mai condiviso con lui il letto, non avevo mai condiviso con lui una donna, non avevo mai provato quest'assoluto bisogno di controllo. Non aveva mai esteso il suo pugno di ferro su di me e fui scioccato nello scoprire che lo trovavo... stimolante. Cazzo, certo tutto questo piaceva anche alla nostra compagna.

Trovai Grigg esattamente dove pensavo che fosse, nel Nucleo, il suo unico vero santuario. Da solo.

Il figlio di puttana era sempre da solo.

Non mi guardò quando entrai. Una cartelletta di lavoro giaceva intonsa sul tavolo di fronte a lui, piena, ne ero certo, di centinaia di resoconti, richieste, e altre cose che avevano bisogno della sua approvazione. Sedeva al tavolo rotondo senza guardarlo, il suo sguardo freddo e vuoto mentre fissava il monitor riempito dal vuoto profondo dello spazio fuori dalla nostra nave. Non fossi stato ancora in grado di sentire il dolore e la rabbia attraverso il collare, avrei potuto credere a quella facciata. S'era fatto bravo a nascondere il suo vero io.

"Immagino che tuo padre sia stato delizioso come al solito." Mi sedetti alla sua destra e aspettai. "Come sta oggi?"

Il silenzio si allungò per diversi minuti, ma non feci nulla, posai i piedi sul tavolo, le mani dietro la testa, in attesa dell'esplosione.

"Togli quei cazzo di piedi dal tavolo."

"Oh, sta bene, eh?"

"Rav."

"Fammi indovinare. Si è messo a piangere, troppo preoccupato per il tuo benessere da non poter parlare attraverso i singhiozzi."

Grigg sbuffò. "Sei uno stronzo."

Mi allungai, sentendomi esausto e divertito allo stesso tempo a causa del tempo che avevamo passato con Amanda. Dopo quel che avevamo fatto con lei, mi sorprese quanto poco ci avesse messo per ritornare a essere il vecchio, agitato Grigg. Se solo fossi riuscito a fargli dare una calmata, saremmo potuti tornare nella nostra stanza e tirar via il lenzuolo dal suo corpo soffice e caldo, e –

"Smettila di pensare alla nostra compagna. Mi stai scombussolano la rabbia."

"Quindi. Tuo padre. Lasciami indovinare. La tua esperienza quasi fatale è una macchia sul buon nome degli Zakar e le donne del palazzo lo tormentano con tutta la loro preoccupazione per il famoso Comandante Zakar."

"Più o meno."

"Gli hai parlato della nostra compagna?"

"No."

"Cosa? Non ha notato il collare?"

Grigg scosse la testa. "Vede solo quello che gli pare. Il resto..."

"Quindi non glielo hai detto. E perché no? Forse le donne lo lascerebbero in pace se sapessero che non hanno alcuna possibilità con te."

"Non ce l'hanno mai avuta, una possibilità."

"Ma non lo sanno. Sono sicuro che, per molte madri, tu sei in cima alla lista dei compagni papabili per le loro figlie. Praticamente sei una celebrità su Prime."

Il suo silenzio si allungò e lo lasciai fare, dandogli del tempo per fare i conti con quanto gli avevo appena detto. Era un guerriero brillante, ma quando si parlava di politica o di donne, aveva la stessa finezza di suo padre. Un fatto che non gli avevo mai reso lampante.

"Non gli dirò di lei."

Mi accigliai. "Perché no?"

Finalmente mi guardò e mi sentii sollevato nel sentire attraverso il nostro legame la tensione che si allentava. "Mi piace l'idea di lui che soffre a causa delle loro attenzioni. Forse non glielo dirò mai."

"Va bene. Non m'importa di quello stronzo di tuo padre. M'importa di Amanda. Che cosa faremo con lei?"

Questo lo fece concentrare. "Che intendi?"

"Non lo sentivi quando avevi finito con lei?"

"Sentivo cosa?"

"Il suo senso di colpa."

Grigg scosse la testa e riposò lo sguardo sulla vista della massa solare sul suo monitor. "No. Mi spiace. Mi sentivo –"

"Fottuto e strambo riguardo i tuoi sentimenti nei miei confronti?"

9

*C*onrav

"CAZZO, RAV. PERCHÉ FAI COSÌ?" La bocca di Grigg si strinse in una linea sottile e si rifiutò di guardarmi. Non avevo mai visto Grigg così in imbarazzo, non da quando lo conoscevo.

Mi allungai e gli misi la mano sulla spalla. La strinsi quando provò a scrollarla via. Avevamo già parlato di questo. Se il nostro accoppiamento con Amanda doveva funzionare, avevamo bisogno di risolvere questo problema. "Senti, a me non importa. Io non voglio scopare con te, Grigg, ma se il lasciarti essere così dominante a letto fa eccitare Amanda a quel modo, sono ai tuoi ordini. Era così bagnata, cazzo, così vogliosa di noi, non riuscivo nemmeno a pensare. Lo adorava."

"Lo so."

"E il resto?"

Mi guardò e sapevo che aveva già sepolto il resto delle sue emozioni così a fondo che avrei dovuto scavare per tirarle fuori. "Senti, io provo tutto, Grigg. Questi cazzo di collari non ci lasciano nascondere niente. Ti sentivi territoriale, e non si trattava solo di Amanda."

"Mi dispiace. Non so da dove venga." Grigg sembrava così perso, così fuori dal suo habitat, che non potevo non credergli. Il che era davvero triste, cazzo, un ulteriore prova di quanto quello stronzo insensibile di suo padre l'avesse scombussolato.

"È normale, Grigg. Si chiama amore. Preoccupazione. Affetto. Sei mio cugino e io ti voglio bene. Morirei per te, ucciderei per proteggerti. È perfettamente normale che tu senta lo stesso. Questo ci rende una famiglia. E tutti questi sentimenti adesso si estendono alla nostra compagna. Lo sento anche io."

"Non mi ero mai sentito così prima d'ora."

"I cazzo di collari," mugugnai. "Lo so. Ma adesso lo *sai* anche tu."

"So cosa?"

"Cosa vuol dire avere una famiglia."

Grigg si massaggiava il petto e sentii gli spasmi delle emozioni che lo stavano facendo a pezzi. Non aveva idea di cosa fare con tutti quei sentimenti, così lo aiutai distraendolo un po'. "Quindi, a proposito della nostra compagna. Penso che potremmo avere un problema."

"Il senso di colpa?"

"Sì. Ci sta nascondendo qualcosa. Questi collari captano tutto, persino questo."

Grigg si acciglio, la sua mente ora era concentrata sul risolvere un problema reale, qualcosa che poteva trattare molto meglio di quanto non fosse in grado di fare con le sue emozioni estranee. "Che cosa sospetti?"

Odiavo dirlo, ma, dopo aver scoperto che la nostra compagna giungeva da un nuovo membro della Coalizione, avevo fatto qualche ricerca. "Ho ricercato il suo pianeta, letto tutti i resoconti riguardo la Terra."

"E...?"

"Il suo popolo è primitivo, ancora combattono per le risorse e le terre. In molte parti del suo mondo, alle donne ancora vengono negati diritti base, l'educazione. Vengono trattate come schiave prive di onore o potere. Permettono che i poveri muoiano di fame per le strade. Si uccidono a causa di credi religiosi, colore della pelle. Sono barbarici."

"Non è più una Terreste. Ora è una cittadina di Prillon Prime. Ora appartiene a noi."

"Sì, ufficialmente."

"Ma?"

"C'erano due uomini con lei al centro elaborazione. Ha detto che erano la sua famiglia, mentendo alla Custode: non sono parenti. La Custode si è insospettita e ha rivisto la registrazione della loro conversazione."

"E chi erano?"

"Spie. A quanto pare, Amanda è una spia del governo."

Gli occhi di Grigg si spalancarono. "Amanda? Una spia?"

Annuii.

"Sì. Lei è la prima Sposa dalla Terra. Ha senso che utilizzino il programma a proprio vantaggio. Penso che l'abbiano mandata per inviare informazioni alla Terra, per rubare le tecnologie avanzate che la Coalizione non ha dato loro."

"Capisco." Potevo letteralmente sentire la sua mente che lavorava, calcolando le probabilità, formulando un piano. "E tu questo come lo sai? Le informazioni sulla nostra compagna sono affidabili?"

"Sì. Ho chiesto alla Custode principale sulla Terra, Egara, di indagare sul suo passato."

Grigg si sporse in avanti. "Pensavo che la Terra avesse appena scoperto dell'esistenza della Coalizione. E conosco il Comandante Egara. Che ci fa la sua compagna, una Donna di Prillon, sulla Terra?"

La risposta a questa domanda era triste. "Entrambi i compagni della Custode Egara sono periti in un'imboscata dello Sciame anni fa."

"Gli dei abbiano pietà." Grigg si accigliò e sentii la tristezza che provava alla notizia. "Niente figli?"

"No. E ha rifiutato un altro abbinamento. Era stata prelevata dalla Terra anni prima che un contatto ufficiale venisse stabilito. Non conosco i dettagli ma, dopo la morte dei suoi compagni, si offrì di servire sulla terra come leader del programma Elaborazione Spose laggiù. In ogni caso, la sua lealtà è verso la Coalizione. Mi fido delle sue informazioni."

Grigg si alzò per passeggiare e io lo guardai, incline a lasciarlo decidere come agire. Ero stato addestrato a curare, non a trattare di sotterfugi e battaglie. E sapevo per certo che la battaglia per il cuore e la lealtà della nostra compagna era a malapena cominciata.

Grigg si voltò verso di me, le braccia incrociate sul petto. "Vuoi mandarla via? Richiedere un'altra compagna?"

"No. È stata abbinata a noi. I test sono stati fatti. Un'accuratezza del novantacinque per cento. Nessun dubita, né io né la Custode Egara, che lei sia quella giusta per noi. Adesso è nostra, che lo capisca o no. Sia che la sua lealtà sia verso il suo governo, o verso di noi, resta la nostra compagna."

"D'accordo." Grigg riprese a camminare in quello spazio angusto. "Questo spiegherebbe l'ansia che avevano sulla Terra di inviare il primo gruppo di guerrieri a combattere lo Sciame."

Quella sì che era una sorpresa. "Sono ansiosi di mandare soldati?"

"Sì. Fin troppo. Non volevano nemmeno lasciare ai loro soldati il tempo di finire gli addestramenti." Scosse la testa. "Il che è stupido, da suicidi. Il rapporto del loro generale afferma che questi uomini sono qualcosa chiamato *Forze Speciali* e non c'è bisogno di lunghi addestramenti. Sono i guerrieri d'élite della Terra."

Sorrisi all'espressione di Grigg. Iniziava la partita. "E allora... che hai intenzione di fare?"

"Lasciamo che vengano. Useremo la nostra bellissima,

piccola compagna per scovare i traditori tra di loro. Di certo non ne mandano una sola, di spia."

"E poi?" L'idea mi innervosì. Sapevo che Grigg non avrebbe mai torto un capello alla nostra compagna, ma non potevo esserne certo per quanto riguardava i soldati che venivano dalla Terra.

"Uccidere i traditori e sculacciarla fino ad arrossarle il culo. Lei è stata abbinata a noi. Come hai detto tu, questo è fuori discussione: lei è nostra. La scoperemo e la riempiremo fino a quando non saprà con esattezza a chi appartiene. E di certo non appartiene ai governanti tribali della Terra. Loro non possono scoparla e amarla come sappiamo fare noi."

"No. Potrà anche essere una loro spia, ma appartiene a noi."

Amanda

MI MOSSI al suono di uno strano *bip*. Suonò una volta sola, così lo ignorai rotolando nel letto. Ero abituata a dormire in posti sempre nuovi a causa del mio lavoro e mi svegliai sapendo con esattezza dove mi trovavo. Nello spazio. Mi aiutò anche il fatto che la fica e il culo mi facevano piuttosto male, e non potevo dimenticare quel che Grigg e Rav mi avevano fatto. La sonda era stata rimossa direttamente dopo che Grigg mi aveva scopato, mentre ero avvizzita e sazia, e poi mi ero addormentata in mezzo a loro.

Il *bip* suonò di nuovo. Alzai la testa e mi guardai intorno. Ero da sola, il letto era freddo ai miei lati. Non mi ero mossa quando gli uomini se ne erano andati, quindi o erano loro a essere furtivamente silenziosi, o ero io a essere come morta.

Bip!

Afferrai le coperte e me le avvolsi attorno al corpo. Uscii

nella sala da pranzo e, per la prima volta, notai il piccolo tavolo con tre sedie, l'enorme divano bullonato al pavimento, i muri spogli e il vuoto utile delle piatte mura marroncine. Tutto quanto gridava scapolo e mi chiesi che tipo di decorazioni avrei potuto trovare per farla sembrare più una casa e meno una stanza di ospedale.

Comunque, la stanza era vuota.

Bip!

Veniva dalla porta. Sembrava un campanello spaziale. Mi avvicinai, ma non c'era nessuna maniglia. Forse si attivava col movimento, perché si aprì non appena fui a un metro di distanza.

C'era una donna, mi sorrideva. Abbigliata con una uniforme simile a quella che Rav indossava il giorno prima, ma mentre Rav aveva una maglietta verde, la donna ne indossava una color pesca pallido. Non era umana. I suoi capelli, lunghi fino alle spalle, erano tirati indietro in una treccia, ma questo non nascondeva il colore arancio scuro delle sue ciocche. Si stagliava di fronte a me nel corridoio, la sua pelle scura e dorata era simile a quella di Grigg. La sua voce, però, era perfettamente normale.

"Sei la compagna del comandante? Lady Zakar?"

La sua voce era soffice, gentile, eppure aveva la postura eretta da soldato, quella di una donna che non si lasciava intimidire da nessuno.

Afferrai le lenzuola saldamente e arrossii. Non potevo immaginare cosa pensasse di me. Mi sentii come se dovessi camminare lungo il viale della vergogna, ma non dovevo andare da nessuna parte.

"Sì," risposi. "Io... uhm. Sono Amanda."

Quando due soldati entrarono nel corridoio, la donna li adocchiò mentre io mi rintanavo dietro la porta e poi si voltò di nuovo verso di me.

"Io sono Lady Myntar, ma puoi chiamarmi Mara. Mi hanno mandata i tuoi compagni. Posso entrare?"

Sentendo le voci dei soldati che si avvicinavano, annuii e feci un passo indietro: non volevo che mi vedessero così, nuda, usata e con indosso solo un lenzuolo.

Entrò e la porta le si chiuse alle spalle. Sospirai di sollievo.

"Come dicevo, i tuoi compagni mi hanno mandata in quanto avrebbero potuto non essere qui quando ti saresti svegliata."

Era un bel pensiero da parte loro.

"Sono incaricata dell'integrazione familiare e della socializzazione e ho i miei compagni. Uno di loro, il mio Drake, lavora con il Comandane Zakar. Sei una donna fortunata ad aver trovato un maschio esemplare e un secondo altamente onorevole." Mi si avvicinò e mi parlò abbassando la voce. "Ma non far sapere ai miei compagni che te l'ho detto."

Sorrisi, perché era piuttosto dolce e io non avevo realizzato di aver bisogno di... qualcuno. Qualcuno che non aveva intenzione di spogliarmi e scoparmi. Perlomeno non ora. Avevo bisogno di essere riassicurata del fatto che trovarsi su una nave Prillon significava di più che essere accoppiata a due guerrieri. Anche se mi era piaciuto quel che mi avevano fatto la notte prima e il mio corpo li bramava – il loro seme ancora mi gocciolava dalla fica – ero di più d'una semplice compagna. Se avessi dovuto sedere in questa stanzetta a fissare i muri spogli, per giorni e giorni, sarei impazzita.

"Per cominciare, ti aiuterò coi vestiti e col cibo. E, nel caso in cui avessi bisogno di qualcos'altro, fammi sapere. Ti aiuterò a trovare un lavoro che ti piace. Amici. Qualcosa con cui riempire i tuoi giorni mentre i tuoi compagni sono indaffarati. Dev'essere piuttosto diverso per te qui rispetto alla Terra."

Non avevo idea di quanto esattamente fosse difficile, ma mi strinsi alle lenzuola. "Qualunque cosa sarà meglio di queste lenzuola. Grazie. Ma preferirei farmi una doccia prima."

Sorrise. "Certo."

Mara spese la successiva ora a mostrarmi come usare i bagni – c'erano sia una doccia che una vasca, sebbene lei mi disse che più che altro erano per puro piacere e non fossero strettamente necessarie. Mi mostrò la S-Gen, dove delle luci verdi avrebbero scansionato il mio corpo e avrebbero creato per me dei nuovi vestiti. L'appartamento era completamente diverso da quelli sulla Terra: non c'era la cucina, né armadi, e io la seguivo quasi alla cieca, con la curiosità propria dei bambini. Diversi scomparti erano nascosti nei muri, e provavo a trovarli e ad aprirli prima di lei, come se fosse una caccia al tesoro. Mi sentivo come un bimbo eccitato condotto per mano, e le ero grata. Glielo dissi.

"Prego. Ti porterò alla mensa. Dopo di che, dovresti essere a posto. Oh!" Si voltò sui tacchi e mi guardò in faccia. "La tua scatola dell'accoppiamento. Mi pare di capire che non sia stata ritirata dall'unità medica."

"Scatola dell'accoppiamento?"

Mosse la mano per l'aria. "È una scatola che viene fornita alle nuove compagne. Andremo a prenderne una dallo spaccio. Vorresti fare un giro della nave prima di mangiare?"

L'idea di vedere qualcos'altro oltre agli alloggi privati di Grigg era allettante e ignorai il brontolio nel mio stomaco. Avevo fame, ma potevo aspettare. Non solo avrebbe soddisfatto la mia curiosità, ma mi avrebbe permesso di investigare e studiare la nave così da fare rapporto alla Terra.

"Sì, per favore."

Vestita d'un'uniforme blu notte formata da pantaloni scuri e una tunica dello stesso colore, mi pettinai i capelli con le dita e li lasciai cadere selvaggi attorno alle mie spalle, e ansiosa seguii Mara per il corridoio. Non c'era molto da vedere, solo uno spoglio corridoio arancione. Le pareti divennero verdi e poi blu mentre proseguivamo attraverso la nave, con Mara che mentre camminavamo mi spiegava che le tonalità di arancione o crema indicavano che ci trovavamo nelle aree familiari o civili, quelle verdi erano le aree mediche, le blu ingegneristiche, rosso era per le sale di comando e le stazioni da battaglia. La nave seguiva un codice di colori, e così le uniformi: quello in grigio era lo staff di supporto generale, il colore dell'insegna sui loro petti indicava a quale area della nave erano assegnati. Gl'ufficiali d'alto grado, come i dottori e gli ingegneri, indossavano uniformi dello stesso colore della loro sezioni sulla nave. Il che spiegava l'uniforme verde scuro di Rav.

I guerrieri, come il mio Grigg, indossavano tutti un'intricante armatura mimetica nera e marrone scuro. Mara insisteva col dire che fosse quasi indistruttibile, e mi spiegava: "Il comandante l'ha testata, e spesso."

Non mi piaceva come suonava.

Passammo vicino a molte persone che annuirono con deferenza. All'inizio credetti che fosse il loro modo di dire ciao, ma sembrava che lo facessero solo con me e non con Mara.

"Perché annuiscono verso di me? Non mi conoscono nemmeno."

"Sanno che sei la compagna del comandante, la nostra Lady Zakar. Abbiamo atteso il tuo arrivo per molti anni."

Mi accigliai mentre voltavamo l'angolo. "Come fanno a sapere di me?"

Mara indicò il mio collo. "Il tuo collare. I tuoi vestiti. Le tue sembianze aliene. Il comandante ha insistito affinché tu indossassi i colori della famiglia Zakar. Il colore è diverso per ogni gruppo di compagne. Vedi?" indicò il suo stesso collare. "Il lignaggio del mio compagno, il clan guerriero dei Myntar, è rappresentato dall'arancione scuro."

"Sono onorata, ma confusa. Perché qualcuno dovrebbe aspettarmi?"

Mara si fermò e si voltò verso di me. "La compagna del comandante ha potere e influenza. Riguardo le questioni civili, i tuoi ordini devono essere seguiti da tutti quelli a bordo, guerrieri e civili. Nessuno, se non il comandante, può sovvertire i tuoi ordini e tutti qui a bordo morirebbero per proteggerti. Sei come una principessa, ora, come una regina. La nostra regina."

Che cazzo? Non potevo mascherare la sorpresa o il nervosismo. "Perché? Che cosa dovrei fare? Perché un guerriero dovrebbe seguire i miei ordini? Dovrò andare in battaglia?"

"Oh, no, cara." Mi diede una piccola pacca sulla manica, poi lasciò cadere la propria mano. "No. Anche se, se davvero lo volessi, e riuscissi a convincere i tuoi compagni a lasciartelo fare, potresti. No. Ti aiuterò a trovare un lavoro che ti si confaccia. Prima del tuo arrivo, ero io la Lady di grado maggiore e mi occupavo di tutti gli affari civili. I guerrieri sono impegnati a combattere e si aspettano che il personale che non combatte faccia tutto il resto."

Oh cazzo. "Per esempio?"

"Adozioni, accoppiamenti, mantenimento, socializzazione, comunione, educazione –"

Alzai la mano e la interruppi: "Quindi, loro combattono e noi ci occupiamo di ogni altra cosa?"

"Esattamente." Sogghignò. "E amerei avere il tuo aiuto, se t'interessa."

"Ma come sai che non combinerò un terribile casino? Non ne so niente delle vostre navi o di come vivete. Fino a poco fa, non sapevo nemmeno che le navicelle spaziali esistessero fuori dai film."

Il sorriso di Mara era confidente e non potei bloccare il caloroso flusso delle sue parole. "Sei la sua compagna. Sei perfetta per lui, il che vuol dire che sei anche perfetta per noi. I protocolli non avrebbero abbinato il nostro comandante a una donna incapace di gestire lui o delle responsabilità per conto proprio."

Stupita, mi sentii la bocca che si apriva e si chiudeva, il che mi fece ridere.

"Il mio compagno è il Capitano Myntar, uno dei tre ufficiali di più alto grado nel Battaglione Zakar. E dal momento che né il comandante né il Capitano Trist erano accoppiati, mi sono presa cura di tutto io in persona. E, tra me e te, un po' d'aiuto farebbe *davvero* comodo."

L'eccitazione mi solleticò la spina dorsale all'idea di avere qualcosa di utile da fare. Tutte le nuove opportunità di raccogliere informazioni grazie al mio nuovo ruolo avrebbero dovuto eccitarmi, ma, dovendo essere onesta con me stessa, era bello sentirsi produttiva. Amavo l'idea di contribuire a qualcosa, di costruire qualcosa, piuttosto che di distruggerla.

"Da quanto tempo sei abbinata?" chiesi.

"Cinque anni. Abbiamo un figlio." Il suo volto si illuminò. "Ti piacerebbe vederlo?"

"Oh, uhm... certo."

"Bene, perché l'ho portato a scuola – ha solo tre anni, è per farlo giocare – ma mi piace sempre sbirciare e guardarlo mentre si diverte."

Svoltammo per qualche altro angolo e i colori dei muri cambiarono ancora in un marroncino color sabbia. Mara si fermò davanti a una porta abbastanza a lungo da farla aprire e io la seguii entrando. Eravamo in un'area d'accesso, una donna dalla pelle di un blu insolito sedeva dietro a una scrivania. Aveva i capelli neri, come i suoi occhi, ma i lineamenti erano uno spettacolo, da modella di copertina.

"Lady Myntar," disse la donna.

"Ciao, Nealy. Questa è lady Zakar –"

La donna si alzò, annuì. "La compagna del comandante. Benvenuta."

Le sorrisi. "Grazie. E tu puoi chiamarmi Amanda."

Mara riluceva. "Volevo solo dare un'occhiata a Lan. Non darò alcun disturbo."

Nealy annuì e ci avvicinammo a delle finestre che si affacciavano sulle stanze adiacenti. C'erano bambini di età diverse che giocavano insieme. Degli adulti giocavano con loro, alcuni li aiutavano a colorare o a giocare a palla.

"Là." Mara indicò un ragazzino con i capelli della stessa tonalità ruggine della madre. Era impegnato a impilare mattoncini assieme a una ragazzina dai capelli biondi, simili a quelli del mio Rav. La scena poteva benissimo appartenere a qualsiasi asilo giù a casa.

"È adorabile."

Mara era raggiante, chiaramente ammaliata dal suo bambino. "Sì. È così forte. Già così protettivo. Ieri ha dato un pugno a un altro bimbo che aveva tirato i capelli della piccola Aleandra. Suo padre sarebbe così fiero."

Okay, quindi incoraggiano la lotta.

No, incoraggiano i loro ragazzini a proteggere le ragazzine. Non potrei dire di non essere d'accordo.

Rimanemmo a guardare per qualche minuto, apprezzando la semplice gioia sui loro volti, l'innocente delizia per le cose tanto semplici. Capii che questi ragazzini erano come i bambini sulla Terra. Nessuna differenza. Uno rubava un giocattolo a un altro, uno si era addormentato su una coperta con un libro. Un altro sedeva in grembo all'insegnante, piangendo. L'insegnante stava agitando una piccola bacchetta sopra un ginocchio graffiato.

La indicai. "Cos'è quella?"

"La bacchetta ReGen?"

"Quella cosa nella mano dell'insegnante."

"Sì. È la bacchetta rigenerante."

Nel giro di pochi secondi il ginocchio del ragazzino era completamente guarito, non c'era più nessun graffio. Aveva smesso di piangere e ora sorrideva.

"Non ne avevo mai vista una prima d'ora," commentai.

"Dovremmo andarcene prima che Lan mi veda."

Lasciammo la piccola scuola e imboccammo di nuovo i corridoi.

"Troverai una bacchetta ReGen in tutte le aree comuni. Anche nelle aree di lavoro. Possono guarire ferite lievi, ma se ti fai davvero male, puoi recarti dalle stazioni mediche dove si trovano le capsule ReGen."

"Anche quelle guariscono tutto in fretta, come con il ginocchio del ragazzo?"

"Sì. Il loro nome ufficiale è Unità Rigeneranti a Immersione, ma le chiamiamo capsule."

Wow. Nella mia mente apparirono delle capsule simili a bare, come nei film di fantascienza. Sdraiati nella capsula, aspetta qualche minuto, e sei completamente guarito? Alla Terra qualcosa del genere farebbe davvero comodo.

E la bacchetta ReGen? Era portatile, facile da usare, veloce. Avrebbe potuto rivoluzionare la medicina sulla Terra, ma noi non se sapevamo nulla. Dovevo ricordarmi di cercare quelle che si trovavano nelle aree comuni. Se tutto quanto fosse fallito, avrei dovuto inghiottire una pillola amara e rubare la ReGen dell'asilo. Senza dubbio l'avrebbero sostituita immediatamente. Ne avevano a migliaia.

Accompagnai Mara in una grande area simile a una mensa, quasi del tutto vuota. Mi mostrò come ordinare del cibo dalle unità S-Gen, mi disse che potevo ordinare da mangiare anche dalla mia stanza, ma che il mangiare da soli non era ben visto dalla società Prillon e che i guerrieri e le loro compagne l'avrebbero considerato come uno sgarbo se non mi fossi unita a loro nelle aree comuni; in modo particolare era vero pe me, la compagna del loro comandante. *La loro* Lady Zakar.

Ottimo. Adesso avevo tutte le responsabilità di una principessa, con tanto di questioni politiche e apparizioni pubbliche? Era più di quanto avessi accettato. Molto di più.

Il cibo era strano. Degli spaghetti croccanti che sapevano di buccia d'arancia e pesche. Uno strano frutto viola che aveva la forma di una mela, ma che sapeva di crostata di ciliegie, come quelle che faceva mia nonna.

Feci del mio meglio, davvero, ma il disgusto mi si doveva vedere in faccia. Mara rise di me. "Sai, puoi chiedere al comandante di richiedere ai nostri programmatori di includere qualche pietanza dalla Terra."

"Posso?" Grazie a Dio. Potevo sopravvivere con questa roba, ma certo non avrebbe vinto nessun primo premio alla fiera di paese. Sicuramente avrebbe aiutato il mio girovita.

"Sì. Dammi una lista. Una volta che l'avrà firmata, la invieremo al team di programmazione su Prillon Prime. Richiederanno le pietanze dalla Terra, analizzeranno il contenuto e le programmeranno nell'unità S-Gen per te."

"Grazie! Sarebbe meraviglioso." Volevo abbracciarla, davvero.

"Adesso dobbiamo andare."

Annuii. Aveva trascorso quasi tutto il giorno portandomi in giro per la nave, presentandomi a tutti quelli che incontravamo. Sorridere e salutare andavano bene, e provavo a fare del mio meglio per essere socievole, ma anch'io avevo i miei limiti, ed erano stati tutti testati negli ultimi due giorni. Ero pronta per un po' di pace e silenzio. Avevo bisogno di tempo per pensare, per capire cosa avrei fatto.

La seguii fuori dalla mensa, attraverso una serie di corridoi fino a quando non arrivammo a uno strano bancone. Mara vi si avvicinò: la donna dietro il bancone mi sembrava una farmacista o persino una che vende biglietti al cinema. Non ero sicura quale fosse il suo ruolo.

"Una SAA, per favore," disse Mara.

La donna Prillon mi guardò brevemente, fece un cenno col capo,e poi entrò in una piccola stanza dietro di lei per prenderne una. La diede a Mara che subito la diede a me.

"Che cos'è? Cos'è una SAA?" Presi la scatola, grande più o meno come una scatola da scarpe, e me la misi sotto al braccio.

"SAA sta per Scatola di Addestramento Anale. Non è il nome ufficiale, è come la chiamiamo noi signore."

$\mathcal{A}$ *manda*

"Cosa?" Speravo *non* avesse detto quel che pensavo.

Mara s'incamminò per il corridoio, aspettandosi chiaramente che la seguissi. "Devo andare a lavorare, quindi ora ti
riporterò nei tuoi alloggi familiari. Il dottor Zakar mi aveva
assicurato che uno di loro sarebbe tornato presto. Non voglio
che si preoccupino nel caso in cui siano già tornati."

Nessuno di loro era ritornato. Da sola, aprii la scatola,
curiosa di vedere cosa ci fosse dentro.

SAA. Anale – seriamente?

Dentro c'erano più d'una dozzina di strambi attrezzi dalle
estremità bulbose, alcuni stranamente contorti nel mezzo, e
attrezzi aperti che sembravano delle chiavi inglesi, qualcosa
con cui aggiustare una macchina. Scossi la testa e con il dito
corsi lungo il lato irregolare di un attrezzo color argento estremamente strambo. Sembrava rilucesse.

Non avevo idea per che cosa servissero. Nessuno di loro sembrava qualcosa da essere usato per... ehm... l'area anale. Pensai che Robert ne avrebbe voluto almeno uno, come la bacchetta ReGen. L'agenzia ricercava la tecnologia e qui ce n'era una scatola piena. Non importava a cosa servissero, ero certa che l'agenzia fosse in grado di riutilizzare questi aggeggi in qualche modo. E lo strumento curativo. Dovevo arraffare uno di quei cosi e trovare un modo per riportarlo a casa.

Rovistai un po' e trovai un oggetto abbastanza inusuale. Lo tirai fuori, ci giocai un po', chiedendomi cosa fosse. Era una barra di circa dieci centimetri, con un cerchio ad ogni estremità. Era leggera, di metallo, abbastanza semplice, e sembrava una chiave a bussola. Strano.

Gironzolai per i nostri alloggi con quell'aggeggio in mano, giocherellando con le due estremità e provando a capire a cosa servisse per l'esattezza. Ero vicino al divano quando sentii la porta aprirsi e Grigg che mi chiamava.

"Amanda. Sei tornata."

In preda al panico con quella cosa in mano, subito mi chinai e la nascosi dietro il cuscino blu scuro del divano.

"Compagna!"

La sua voce profonda bastava a farmi sobbalzare il cuore e a farmi dolorare la fica. Mi voltai per guardarlo. Era qualche passo dietro di me, le mani sui fianchi. Mi aveva sorpresa con la mano sotto il cuscino e il culo per aria. Sapevo di essere arrossita e il calore sul mio viso peggiorò quando lui sollevò un sopracciglio.

"Mi spiace di averti lasciata sola. Sembra che Mara si sia presa cura di te."

Mi si avvicinò e sussurrò: "Adoro il modo in cui il colore blu scuro degli Zakar ti fodera il culo. Anche se penso che tu stia ancora meglio con addosso soltanto un lenzuolo."

Mi scaldai alle sue parole mielate, alla voglia che c'era nel suo tono. Il solo sentire la sua voce, il solo averlo nella stessa stanza, mi eccitava.

"Che cosa nascondi?" chiese, indicando il divano con la testa.

Non ebbi altra scelta. Tirai fuori l'oggetto da sotto il grosso cuscino e lo sollevai.

"Non lo so, a dire il vero," risposi onestamente. Mentre il nasconderlo poteva sembrare strano, non avevo motivo di mentire ulteriormente. In piedi, indicai la scatola. "Abbiamo recuperato una scatola per l'accoppiamento, ma non ho capito a cosa servano quegli aggeggi."

Grigg mise le dita sull'orlo della scatola, la fece scivolare sul tavolo, e vi gettò un'occhiata dentro. "Sì, conosco questa scatola. Ma dimmi, compagna, perché stai nascondendo proprio quell'oggetto?"

"Io... Io –" Ero abituata a fingere per tirarmi d'impaccio da ogni situazione. Dall'Australia all'Arizona, ero in grado di inventare bugie come niente. Ma ora... "Non lo so."

Grigg offrì un grugnito vago come risposta. "Sei conscia, compagna, che i collari che indossiamo ci permettono di riconoscere tutte le emozioni. Per esempio, avresti dovuto percepire che ero leggermente eccitato quando sono entrato. Il bisogno che ho di te dovrebbe farti eccitare ancora di più."

Aveva senso, perché l'avevo desiderato subito non appena era tornato. E anche ora lo desideravo, infatti.

"Percepisce anche altre emozioni, come il nervosismo." Mi prese l'oggetto dalle mani rigirandoselo nelle grandi mani. "O le bugie."

Inghiottii. Dannata tecnologia. Come diavolo facevo a essere una spia quando ogni mio pensiero, ogni mia emozione, erano manifesti?

"Non lo so davvero che cos'è."

Infilò la mano nella scatola e tirò fuori un oggetto molto più piccolo. "Ho chiesto a Mara di assicurarsi che tu ricevessi la scatola. Nella fretta, ci siamo dimenticati di prenderne una dalla stazione medica dopo aver finito i test."

Arrossii ricordando quell'esame.

"Che cosa sono tutti questi oggetti?" chiesi.

Aprì il coperchiò, sollevo uno scomparto che non avevo esplorato e tirò fuori qualcosa che riconobbi facilmente: un vibratore anale.

Non dissi niente, il mio centro si scaldò, la fica e il culo mi si strinsero. All'improvviso il SAA aveva senso. Certo non tutto quel che c'era nella scatola era –

Ghignò. "Un set per l'addestramento viene fornito a tutte le compagne. Non possiamo esser veramente legati fino a quando Rav ed io non ti abbiamo reclamata assieme, non ti abbiamo scopata assieme."

"Oh," dissi, pensando a me in mezzo a loro due, i loro cazzi che mi riempivano fino all'estasi. Come nel mio sogno. Che sia maledetto il mio corpo lascivo, tutto continuava a rimandarmi a quel sogno. Due uomini. Entrambi che mi scopano, mi riempiono, mi fanno loro.

"Apparentemente, Mara ha pensato che, oltre ai vibratori base, avevamo bisogno anche di attrezzi più elaborati."

Indicai la barra di metallo e mi accigliai. "È un giocattolo erotico questo?" chiesi.

"Un *giocattolo* erotico." Grigg annuì. "Mi piace questa parola, perché certo è un giocattolo, uno con cui non vedo l'ora di giocare."

Io? Avevo i miei dubbi, perché sembrava più una chiave inglese a due teste che un giocattolo.

"Stavi nascondendo un giocattolo erotico nel divano. Dimmelo di nuovo: perché?"

Oh, cazzo. Mi morsi le labbra, fissandolo. "Io... io non lo so. È sciocco."

Lo teneva in mano e lo soppesava.

"Sì, lo hai detto, e ti ho detto che so che stai mentendo."

Già, non aveva funzionato né la prima né la seconda volta. Cazzo.

"Lo hai nascosto perché non volevi che lo usassi su di te?"

Annuii, forse più veementemente di quanto non fosse necessario.

"Ma non sai cos'è. Come fai a dire che non ti piace?"

Feci spallucce, non sapevo cosa rispondere.

"E se ti dicessi che ti piacerà? Che non userei mai niente su di te che non ti piacesse? Mi lasceresti usarlo?"

I suoi occhi erano così scuri, seri, eppure la sua voce era soffice e gentile. Mi voleva persuadere, perché sentivo che lui aveva voglia di usarlo, quel giocattolo. Su di me. Adesso.

"Non farà male?" chiesi, adocchiando l'oggetto.

"È un dolore piacevole." Quando indietreggiai, scettica, aggiunse: "Fidati di me."

Mi leccai le labbra e lo guardai. Lo guardai per *davvero*. Mi fidavo di lui?

"Se ancora non ti fidi di me, fidati del nostro abbinamento. Fidati del fatto che io so cosa ti piace, cosa ti serve. Di cosa hai *bisogno*."

"Ho bisogno di quello?" Indicai il giocattolo misterioso.

"Scopriamolo. Togliti la maglietta."

Guardai prima il piccolo oggetto di metallo e poi Grigg. Se ne stava lì, paziente, aspettando con calma che decidessi quanto avventurosa volessi essere.

"Vuoi che mi tolga la maglietta."

"Ti voglia nuda e implorante, ma cominceremo con la maglietta."

Cazzo. Perché doveva dire quelle cose? Così sexy. "Che cos'è quell'affare?" chiesi mordendomi le labbra.

La sollevò. "Questo? È per i tuoi capezzoli?"

"I miei –" I suddetti capezzoli s'indurirono all'idea di... qualunque cosa facesse quell'affare.

"Togliti la maglietta, Amanda."

"Io... Io –" continuavo a impuntarmi, adesso ero veramente nervosa.

"Pensare a me che faccio qualcosa ai tuoi capezzoli ti eccita, non è vero, compagna?" Grigg fece un passo verso di me. "Vedo che sono già duri, bramano quel che sto per fare. Percepisco il tuo interesse, il tuo desiderio attraverso il collare. Scommetto che se esplorassi la tua fica bramosa con le dita, la troverei tutta bagnata."

Fece un altro passo verso di me e con gentilezza posò la barra di metallo sul tavolo. La ignorò, per il momento, concentrandosi su di me. Tutto quel potere, quella grandezza, quell'intensità, erano diretti a me, e non ero in grado di resistere. Di resistergli. Ondate di desiderio mi sommersero, mi fecero dolere la fica, la fecero pulsare, pronta per il suo cazzo. I miei seni si gonfiarono, i miei capezzoli erano tesi. La mia pelle ora era calda.

"C'è... c'è qualcosa che non va in me." Non mi ero mai eccitata così velocemente prima e non mi stava nemmeno toccando. Era come quando mi ero messa il collare, le mie emozioni mi sopraffacevano.

"Percepisci anche la mia eccitazione. Il nostro legame è già cominciato, il nostro seme, l'essenza del nostro legame, è già al lavoro dentro il tuo corpo. Non ci sono segreti tra amanti. Nessuna falsa emozione o falsi desideri. Questo ti aiuterà a superare le tue paure."

Sollevò una mano all'altezza del mio braccio ma non mi toccò. La fece scivolare giù attraverso l'aria, sentii lo sfrigolio, il calore di quel quasi tocco, ed ebbi un brivido.

"L'essenza del legame?"

"Quel fluido che esce da nostri cazzi è per te. Te l'ho massaggiato sulla clitoride durante l'esame così da alleviare le tue paure. Poi, quando ti abbiamo scopata, il nostro seme ha colmato la tua fica, ti ha marchiata. Ti ha riempita. Gli elementi chimici del legame all'interno del nostro seme sono entrati nel tuo corpo e sono diventati essenziali. È così che i guerrieri Prillon formano un legame con le loro compagne."

"Mi avete drogata con il vostro sperma?" chiesi.

Fece spallucce e non si vergognò di ammetterlo. "Drogata non è la parola giusta. Il tuo desiderio, la tua accettazione è solo un altro segno del fatto che appartieni a noi. Guarda ora: ancora non ti tocco e già stai per venire. Mi sbaglio?"

Respiravo affannosamente, la stanza era piuttosto calda.

"No." Dovetti ammettere la verità, poiché era ovvio che in qualche modo ero... affetta.

"E allora fidati di me, ti farò stare bene. Togliti. La. Maglietta."

La sua voce si fece più profonda, aveva un tono tagliente. Aveva parlato con me delle mie preoccupazioni, ma adesso la sua pazienza stava finendo. Potevo sentire anche quello.

Afferrai l'orlo, lo sollevai e mi sfilai la maglietta gettandola sul pavimento. Grigg mi guardava, continuando a squadrarmi il petto mentre si rivelava. Lo strano reggiseno – come uno di quelli sulla terra, con il ferretto e le coppe, ma senza le coppe piene – mi lasciava la parte alta del seno scoperta. Era come un demi-bra, ma molto più piccolo di qualunque altro sulla Terra. Se avessi respirato a fondo, ero sicura che i capezzoli mi sarebbero spuntati fuori.

Con un dito, Grigg provò quella teoria. Agganciò il tessuto lungo l'orlo liscio del materiale bianco e lo spinse in basso. Il mio capezzolo uscì fuori, duro e teso. Quando mi denudò l'altro capezzolo, sospirai e l'aria fredda della stanza li indurì ulteriormente.

"Oh dei, sei bellissima," esclamò, esalando un respiro a lungo trattenuto. Sentii che il suo desiderio aumentava, specie quando infilò le nocche sotto il mio seno pieno.

In quel momento, mi sentivo bellissima, solo per i suoi occhi, e la sua espressione era di voglia, bisogno e oscuro desiderio. Il suo bisogno lo avvolgeva strettamente, come una molla. Si sporse in avanti e si mise un capezzolo in bocca, lo succhiò e lo bagnò. Le mie dita subito andarono tra i suoi capelli, vi si impigliarono e li afferrarono. Dopo un minuto, si spostò sull'altro seno, fece la stessa cosa e poi li guardò entrambi. Erano d'un rosa acceso e rilucevano dopo tutte le sue attenzioni.

"Ecco, così è meglio."

Lo guardai con occhi pieni di lussuria. Potevo solo annuire, perché era meglio, ma allo stesso tempo era infinitamente peggio: ero vogliosa, ne volevo ancora.

Senza distogliere lo sguardo, afferrò la barra di metallo e la sollevò di fronte al mio petto. Premette un bottone e la lunghezza si aggiustò in modo che i due cerchietti si trovassero esattamente all'altezza dei miei capezzoli. Con gentilezza, Grigg premette la barra contro i miei seni, muovendo appena la mia carne tenera così che il capezzolo era piazzato esattamente al centro del cerchio. Lo fece con uno, poi con l'altro.

Guardai in basso, incantata da quello strano oggetto. Conoscevo solo dei morsetti per i capezzoli che erano come delle piccole pinze che li pizzicavano. A volte avevano dei gioielli o delle catene decorative che penzolavano. Ma questo... questo era diverso, una barra attaccata grazie a cosa? Suzione? Una stretta? Non ero sicura di come funzionasse.

Spostò il suo sguardo verso il mio. "Va tutto bene?" chiese.

Non faceva affatto male e il metallo era caldo contro la mia pelle, così annuii.

Premette un altro bottone in mezzo alla barra e una pallida luce gialla si accese. Nello stesso istante, l'apertura dei cerchi attorno ai miei capezzoli si strinse fino a quando Grigg fu in grado di togliere la mano e il giocattolo restò su. La pressione non era troppo forte, ma sussultai. I miei capezzoli, così teneri, venivano schiacciati lievemente.

La luce gialla si fece più scura.

"Ecco," disse Grigg togliendosi la maglietta e gettandola sul pavimento.

Oh mio Dio. Il suo petto era enorme, ricoperto di muscoli. Aveva le spalle large, grandi due volte le mie, e tutto quel potere s'incuneava verso un addome scolpito e, lo sapevo, un cazzo enorme che già s'era fatto duro ed era pronto a prendermi.

"Tutto qui?" dissi guardandomi il seno. Non faceva male, ma non era nemmeno eccitante. "Non è proprio un giocattolo," dissi, stranamente delusa.

"Beh, ancora non ti sto scopando," ribatté lui.

Mi accigliai mentre lui finiva di spogliarsi. La sua armatura cadde a terra e posò qualcosa su un piccolo rialzò tra la sedia e il letto. Non vidi cosa vi mise, perché il cazzo era duro e pulsante e aveva catturato tutta la mia attenzione.

"Il giocattolo – come lo chiami tu – percepisce la tua eccitazione, percepisce quel di cui hai bisogno per raggiungere l'orgasmo e aumenterà la pressione sui tuoi capezzoli di conseguenza."

Guardai di nuovo quell'oggetto innocuo. "Sei serio?"

Sogghignò, mi si avvicinò, e finì di spogliarmi. Mi rimosse con cura persino il reggiseno.

"Oh, dei, guardati. Gli uomini sulla Terra te lo dicevano quanto sei bella?"

Spalancai la bocca, ripensando agli uomini con cui ero stata. Non mi venne in mente nessuna delle loro facce, perché mai prima d'ora avevo sentito quel che avevo sentito con Grigg e Rav.

Alzò una mano. "Non importa. Non rispondere. Non pensare agli altri uomini quando ti tocco o dovrò sculacciare quel culo perfetto e riempirti con il mio cazzo fino a quando non ti ricorderai che appartieni a me."

Volevo ridere, ma percepii che non stava scherzando del tutto.

"Sei nostra, Amanda. Siamo compagni. Lo senti, lo sai."

Arrossii, perché attraverso il collare sentivo che diceva la verità, sentivo l'eccitazione esplodere in lui quando mi guardava. I cerchi attorno ai miei capezzoli si strinsero appena e sussultai. Il colore della barra si fece arancione.

Mi fece l'occhiolino, sapendo che le morse si erano strette.

"Mi piace guardarti in viso quando il giocattolo comincia a giocare con i tuoi capezzoli turgidi. Voglio guardarti in faccia mentre vieni sul mio cazzo."

Gemetti, quelle parole erano proprio quello che volevo sentire.

Si sedette su una sedia, spalancò le gambe e si scrocchiò le dita.

Mi mossi verso di lui. La strana sensazione della barra sui miei seni si fece più distraente per il leggero aumento di pressione.

Mi cinse i fianchi con una mano e mi strinse a lui così che potessi cavalcarlo, i miei seni erano all'altezza dei suoi occhi. Con un tocco gentilissimo, Grigg mi leccò i seni intorno ai cerchi metallici. Prima uno, poi l'altro. I cerchi si strinsero.

Avevo le dita intrecciate nei suoi capelli. Volevo che la sua bocca restasse su di me. Mi contorcevo nel suo grembo, muovendomi e carezzandogli il cazzo con la pancia. Sentivo la sua pre-eiaculazione che gocciava e ci bagnava la pelle. Il suo calore, l'essenza del legame, come la chiamava lui, mi riscaldò, si diffuse dentro di me come una droga. *Era* una droga, perché la bramavo. Ne avevo bisogno. Quel poco che sgorgava da lui non era abbastanza. Lo volevo tutto, volevo il suo cazzo sepolto dentro di me, in profondità e volevo che il suo seme mi ricoprisse la fica.

"E... e Rav?"

Non ero abituata ad avere due uomini. C'era un protocollo riguardo l'essere con uno senza l'altro? Erano l'uno geloso dell'altro?

"Sta lavorando. Tu sei qui, hai bisogno di una dimostrazione pratica su come funziona questo giocattolo erotico. Hai bisogno di una bella scopata. Non dobbiamo prenderti assieme tutte le volte. Scoprirai quanto siamo insaziabili, quindi preparati ad accoglierci al mattino, a mezzogiorno, e durante la notte."

Con il naso colpì la barra sul mio seno. Sussultai e gli tirai i capelli.

"Vediamo se sei bagnata, se sei pronta per il mio cazzo."

Mi spinse via da lui, la presa salda sui miei fianchi mentre il mio culo si spostava sulle sue ginocchia. Mi bloccò le cosce spalancando le sue, costringendo la mia fica ad aprirsi nello spazio tra di noi, così che potesse vedere e toccare. Misi le mani sulle sue spalle per bilanciarmi. Anche se sapevo che non mi avrebbe fatta cadere, avevo bisogno di una specie di ancora.

"Non muoverti." Compresi a malapena quelle due parole prima che la sua mano si spostasse dal mio fianco per poter saggiare il mio nucleo bagnato. Sapevo di essere bagnata, perché l'aria raffreddava la pelle sensibile là dove i miei umori inzuppavano le pieghe del mio nucleo.

Mi esplorò con due dita, tenendo lo sguardo fisso sul mio. Osservai i suoi occhi scuri mentre le sue dita mi penetravano lentamente, e lentamente mi riempivano. I suoi occhi erano pieni di lussuria, bisogno, desiderio, e quello guardo mi fece eccitare ancora di più, ancora di più dell'essenza del suo seme. Nessun uomo mi aveva mai guardata a quel modo, come se sarebbe potuto morire se non mi avesse scopato. Come se fossi la donna più bella del mondo. Il suo desiderio era una droga, mi faceva sentire potente nonostante fossi al suo comando, sotto il suo controllo. E quella dicotomia mi confondeva.

Chiusi le palpebre.

"No, Amanda. Non distogliere lo sguardo." Grigg mi scopava con le dita con un movimento lento e sensuale che mi fece innalzare. Ma non mi avrebbe concesso il finale che tanto bramavo.

"Non posso – sei troppo –" Le due dita lisce mi toccarono in profondità, massaggiando l'entrata del mio utero, e le gambe mi si fecero tese mentre mi scostavo a quella sensazione. Dio, com'era in profondità.

"Troppo cosa?" grugnì.

Scossi la testa, non volendo o non potendo rispondere. Non ne ero sicura. La mia mente piombò nel caos non appena il giocattolo sui miei seni si fece rosso scuro e mandò una piccola scossa elettrica attraverso i miei capezzoli sensibili, forte abbastanza da farmi gemere, come un solletico elettrico.

Grigg sospirò e rimosse una mano dal mio fianco e l'altra dal mio nucleo bagnato. Subito sentii la mancanza del suo tocco, subito mi sentii fredda e vuota, sola. Bramavo la nostra connessione fisica, il suo tocco era come un balsamo per i sensi. Ero libera di alzarmi, di togliermi dal suo grembo e andarmene da qualunque fosse il gioco a cui stavamo giocando. Ma non lo feci. Restai lì dov'ero, aperta e ansimante, spaventata a morte dalla voglia che avevo di compiacerlo. Ne volevo ancora. Volevo qualunque cosa potesse darmi.

Quando, da spia indipendente e brillante, mi ero trasformata in una donna bisognosa e appiccicosa? E perché con lui? Rav mi eccitava, e con lui mi sentivo al sicuro, desiderata e soddisfatta; ma in Grigg c'era qualcosa che mi faceva uscire di senno. Con Grigg, perdevo me stessa, e quello mi spaventava più d'ogni altra cosa, più delle pallottole durante un inseguimento ad alta velocità, più della morte stessa.

L'affinità è del 99%... il tuo compagno è perfetto per te. Le parole della Custode Egara tornarono a tormentarmi. Quella era l'unica spiegazione. Il protocollo di abbinamento funzionava, proprio come promesso. Il che significava che Grigg era veramente mio. Se questo era vero, lui era onorevole, leale, onesto. Non lo fosse stato, non sarei stata attratta da lui. Il carattere era importante per me. Quindi Grigg non era il tipo d'uomo che si approfittava d'un intero pianeta, come aveva insinuato Robert. Non era da lui. La CIA si sbagliava? Eravamo noi a far parte della Coalizione da troppo poco o ero io che ero drogata dalla lussuria e cieca alla verità?

"Mi hai mentito, Amanda."

"Cosa?" Tra la mia fica bagnata, i capezzoli strizzati, il cuore che mi batteva a mille e la mia mente nel panico, non riuscii a capire cosa dicesse.

"Mi hai mentito a proposito dei giocattoli erotici. A proposito d'un sacco di cose, temo."

Diventai nervosa. Provai a chiudere le gambe, ma le sue mani si posarono sulle mie cosce come una morsa. "Non capisco di cosa tu stia parlando."

Quel sospiro, quella delusione che sentii provenire da lui attraverso il collare, mi fecero male al cuore.

"Cosa stavi facendo con la scatola?"

"Niente. Guardavo e basta." Che potevo dire? *Oh, beh, sai Grigg, cercavo di capire quale vibratore anale e quale morsa per i capezzoli dovrei spedire sulla Terra per conto della Cia?* Era più che ridicolo, le mie azioni lo erano. Ero così ansiosa di seguire gli ordini che davvero avrei spedito loro qualcosa dall'interno della Scatola di Addestramento Anale perché lo analizzassero? Era stupido. E io non ero una donna stupida. Mentivo raramente a me stessa, ma sembrava che non facessi altro da quando ero arrivata qui. Mentire a me stessa e ai miei compagni.

Restai in silenzio fino a quando Grigg si mosse così in fretta che non ebbi il tempo di protestare, e mi ritrovai piegata sulle sue ginocchia, il culo per l'aria e la sua mano sulla schiena che mi teneva ferma. Fece attenzione alla barra che avevo sui seni.

"Mi hai mentito, di nuovo."

"No." Scossi la testa mentre fissavo il pavimento con gl'occhi spalancati.

La sua mano mi piombò sul culo con un dolore acuto. Sussultai. "Cosa vuoi fare?"

"Ti sculaccio. Te l'ho detto, compagna, che saresti stata punita per aver mentito ai tuoi compagni." Mi sculacciò ancora, sull'altra natica e, per qualche bizzarro motivo, la natica sinistra era più sensibile della destra. Avevo la schiena inarcata, e gridavo a quel doloroso piacere mentre il calore mi correva sotto la pelle, espandendosi nei fianchi, nello stomaco, nel clitoride. La morsa sui capezzoli si fece più stretta.

Smack!

Smack!

Grigg ringhiò, la sua mano dura mi massaggiava proprio dove mi aveva appena sculacciata e la sua voce era ruvida. "Hai un culo perfetto, Amanda, così rotondo. Così lussurioso. Ondeggia così bene quando ti sculaccio. Adoro il modo in cui ballonzola mentre ti scopo."

Quando mi schiaffeggiò ancora, ero ancora più bagnata di prima. Questa volta il dolore si propagò più velocemente, dritto ai miei capezzoli strizzati.

Smack!

Smack!

Smack!

Mi contorsi mentre la morsa sui capezzoli si stringeva e si allentava, pulsando sopra le punte sensibili, solleticandole con l'elettricità ad ogni rilascio, allentandosi a ogni forte schiocco della mano di Grigg sul mio culo. Sulla sinistra. Sulla destra. Ancora e ancora. Mi sculacciò fino a quando non ne potevo più. Il mio corpo era fuori controllo. Selvaggio.

La mano sulla schiena mi teneva giù e capii che non potevo andare da nessuna parte. L'unica opzione era di sottomettermi mentre il fuoco mi correva nelle vene e mi bagnavo le cosce. Gridai, non per la rabbia o il dolore della sculacciata, ma di piacere. Un dolore piacevole, perfetto, incredibile. Dio, era un tale macello. Ma non m'importava.

Ero così eccitata che ero sul punto di venire e non me ne importava un cazzo.

La mia mente si spense, si svuotò.

Il mio corpo si sottomise completamente, bramando il dolore della sua prossima forte sculacciata, la sua dominazione, bramando quell'ultima, sensuale punta di dolore che mi avrebbe fatta venire.

11

A manda

L'ACUTO PIACERE della sua mano sul mio culo non arrivò mai, e io gemetti per protesta.

Spingendo le mani contro il pavimento, provai ad alzarmi dal suo grembo.

"Sta' ferma. Non ho ancora finito con te."

Subito mi bloccai, completamente alla sua mercé. Il tono autoritario della sua voce fece sì che la mia fica si stringesse attorno a un vuoto frustrante. Volevo il suo cazzo. E lo volevo ora.

Prese l'oggetto sul tavolino, quello che prima avevo ignorato, e vidi che era uno dei vibratori anali della scatola.

Lasciai cadere la testa, non volevo protestare: la verità era che lo volevo nel culo mentre mi scopava – e mi avrebbe scopata, prima o poi. Attraverso il collare sentivo la lussuria emanarsi da lui e ne ero inebriata. Volevo sentirmi completamente riempita, allargata, rivendicata, proprio come mi ero sentita la scorsa notte.

Fece presto a spalancarmi le natiche e a infilare il lubrificante dentro il mio corpo con un dito duro e spesso. Ansimavo mentre si dava da fare. Il vibratore era più grosso, più largo, e capii che aveva scelto uno di quei vibratori dalla testa bulbosa, uno con l'estremità piatta, così che sarebbe rimasto al suo posto ma avrebbe avuto gioco per muoversi dentro di me mentre Grigg mi scopava col suo cazzo.

La sola idea mi fece gemere e gli afferrai il polpaccio con la mano.

"Esatto, compagna. Sei mia. La tua fica è mia. Il tuo culo è mio."

Le sue parole mi fecero fremere e spinsi all'indietro verso l'oggetto che mi teneva aperta. Grigg infilò il vibratore dentro di me con attenzione, lentamente, fino a quando i miei muscoli lo lasciarono entrare e scivolò dentro, in profondità, e il mio corpo vi si chiuse attorno e l'estremità più piccola era posata sul mio culo e lo teneva al suo posto. Gemetti, tanto mi riempiva. Potevo già sentire la pressione dentro la mia fica che aumentava e mi chiesi se sarei stata in grado di sopportare anche la spessa lunghezza del suo cazzo che mi riempiva.

Avrei provato dolore quando mi avrebbe scopato? E perché l'idea di un po' più di dolore mischiato al piacere mi faceva diventare matta dalla voglia di scoprirlo?

"Scopami, Grigg. Ti prego." Ormai ero ben al di là dell'imbarazzo dell'implorazione.

La risposta del mio compagno fu di sculacciarmi ancora, e il vibratore anale trasferì la forza del suo palmo alla mia fica. Un grido mi scappò dalle labbra.

"Che cosa stavi facendo con la scatola, Amanda?"

Oh cazzo! Ancora con questa storia? La mia frustrazione giunse a un punto di rottura e gli occhi mi si inondarono di lacrime. "Niente, va bene? Sono una stupida." Dicevo la verità, e Grigg doveva averlo percepito grazie al collare, perché smise di sculacciarmi e mi sollevò, mi portò al muro vicino la parte più lontana del letto.

Grigg mi fece mettere in piedi, la faccia verso il muro. Allungai una mano per massaggiarmi le natiche dolenti. Ma Grigg la pensava diversamente: mi afferrò i polsi e io mi girai per guardarlo al di sopra delle spalle, e i suoi occhi erano scuri per l'intensità. "No. Il tuo dolore è mio. Il tuo piacere è mio."

Dio, era un animale, così carnale e primitivo. E io amavo tutto questo.

Scosse lentamente la testa. "Tu non ti tocchi."

Giusto. Quello me l'ero dimenticato. Quindi che dovevo fare, lasciare che il culo mi bruciasse?

Non mi lasciò dubitare a lungo. Aprì un piccolo scomparto nel muro e un paio di manette attaccate a un'ancora di ferro proprio all'altezza delle spalle si rivelò. Nel giro di pochi secondi, i miei polsi erano attaccati a quelle manette aliene. Afferrò i miei fianchi e li tirò verso di lui, una mano sulla schiena per farmi inarcare il fondoschiena, le mie braccia stese al di sopra della mia testa, con le manette che mi tenevano i polsi fermi contro il muro. Il giocattolo attaccato ai miei capezzoli se ne stava appeso, stretto, avvinghiato, attaccato con una strana suzione che non avevo percepito in precedenza.

Mentre mi riprendevo da tutto ciò, Grigg aprì un altro scomparto sotto il letto e prese una grossa barra e un altro paio di manette per le mie caviglie. Non lottai contro di lui mentre mi allargava i piedi e mi ammanettava. La barra nel mezzo mi avrebbe impedito di chiudere le gambe, mi avrebbe impedito di negargli quel che voleva.

———

Grigg

IL SEDERE nudo della mia compagna s'era arrossato per le puni-
zioni, il vibratore anale era fermo al suo posto, incrementando
il suo piacere, preparando il suo corpo per la rivendicazione,
preparandola per quando Rav ed io l'avremmo riempita con i
nostri cazzi. Le sue caviglie erano ammanettate e spalancate
per il mio piacere. Dovetti farla piegare in avanti, il suo culo per
l'aria, i suoi seni pesanti ondeggiavano sotto di lei e le sue
lunghe braccia eleganti raggiungevano il muro, dove un altro
paio di manette la tenevano ferma. I suoi capelli, neri ed
esotici, si posavano contro la sua pelle pallida, una cornice per
la sua bellezza.

I nostri collari mi facevano percepire ogni suo desiderio,
ogni reazione. La stavo spingendo, avrei saputo immediatamente fosse stata spaventata, l'attimo in cui avrei fatto qualcosa
che non fosse in grado di sopportare. Ma le sue emozioni erano
una tempesta confusa di lussuria e vergogna, frustrazione e
desiderio, voglia e colpa. Ma niente paura. La mia piccola spia
umana si stava aprendo, si stava perdendo in me, ma non era
abbastanza. Continuava a combattere per il controllo... e io? Io
volevo tutto.

Era mia. Tutta mia. Ogni centimetro di lei, ogni bellissimo,
bagnato, soffice, perfetto centimetro era mio.

"Mia." Ringhiai facendo un passo avanti, toccando l'entrata
della sua fica con il cazzo. Quella parola la fece fremere e spinsi
il mio cazzo in profondità dentro di lei con un unico, lento,
implacabile movimento. Le tirai i capelli sollevandole la testa,
tirandola indietro così che potesse guardarmi al di sopra delle
sue spalle, così che potesse guardarmi negli occhi mentre ripe-
tevo: "Mia. Sei mia, cazzo."

La sua fica si strinse come un pungo, e gemetti soddisfatto
alla sua risposta. Era così bagnata, così sexy. Le sue pareti

interne subito ondularono e si avvinghiarono attorno al mio cazzo.

Le tenevo i capelli in una mano, i suoi occhi su di me. Mi spostai, andando più in profondità, facendola mettere in punta di piedi con ogni affondo del mio cazzo. Pensai di allungare una mano e massaggiarle il clitoride, ma invece la scopai ancora più intensamente e lei sopportava a malapena la pressione aggiuntiva del vibratore. Con il vibratore o senza, la sua fica era strettissima.

Oh, dei. Così stretta. Così bagnata. Così arrapante.

Le schiaffeggiai il culo abbastanza forte da offrire una lieve sensazione dolorosa al suo sedere già dolorante, abbastanza forte da ricordarle che ero io ad avere il controllo, che lei era mia e che le potevo fare qualunque cosa volessi. La mia ricompensa inondò la nostra connessione mentre lei gemeva, scuotendo i fianchi per prendermi più in profondità. I suoi umori mi inondarono il cazzo.

La disperazione le annebbiava la mente. Il bisogno di venire la riempiva e stillava sopra di me attraverso la nostra connessione.

Un tocco sul suo clitoride, uno solo, e sapevo che si sarebbe infranta tra le mie braccia. Ma non lo feci. Non questa volta. Questa volta volevo che il mio seme le esplodesse dentro, che l'essenza del legame saturasse i suoi sensi, che la costringesse a venire, ancora e ancora.

Il pensiero del mio seme dentro di lei era quel di cui avevo bisogno. Le palle mi si indurirono, sparai il mio sperma e mi svuotai dentro di lei, ruggendo mentre venivo.

Restò perfettamente immobile, come se fosse congelata, o scioccata mentre il mio seme la riempiva, mentre la mia rivendicazione si faceva più forte.

Sentii che il suo orgasmo cresceva dentro di lei come un'esplosione ionica nello spazio, ma lo negò a sé stessa, si trattenne. Per me.

"Ti prego." Aspettava, quelle parole erano un gemito bisognoso.

Non le avevo dato il permesso di venire.

In quel momento, mi sentii perduto. La ammiravo, era bellissima, intelligente, coraggiosa. Ma quest'unica azione trasformò tutte quelle emozioni in qualcosa di accecante e umiliante. Sapevo di non aver mai provato niente di simile prima d'ora. Amore. Doveva essere amore.

Mi stesi con il petto sulla sua schiena e le bacia dolcemente le guance. La sua faccia era ancora voltata verso di me, i suoi capelli erano ancora catturati dal mio pugno fermo. Un bacio, e la liberai.

"Vieni per me, amore mio. Vieni subito. Sono qui."

Il suo corpo esplose mentre la coprivo. La cinsi la vita con le braccia tenendola forte, strusciandomi contro di lei mentre s'infrangeva tra le mie braccia in un milione di pezzi. Quando la prima onda di sollievo finì, tutto quel che dovevo fare era muovere i miei fianchi e farla infrangere di nuovo. Due volte. Tre volte.

Il mio cazzo si faceva ancora più duro dentro di lei, pronto a scoparla ancora. E lo feci, in modo gentile, a malapena muovendomi mentre le pareti rigonfie della sua fica mi stringe-vano con forza, mungendomi con un piacere talmente intenso che non volevo liberarmi dal suo calore umido. Oh, dei, era perfetta.

Dopo aver allentata la presa sui suoi capelli, mossi le mani per afferrarle i seni. Rimossi il giocattolo così che potessi giocare da solo con i suoi capezzoli, tirandoli e stringendoli con gentilezza, stringendoli e carezzandoli mentre il suo culo si contorceva e ondeggiava sotto i miei fianchi. Sotto il mio petto, la sua schiena era soffice e lunga, elegante, piena di curve.

Cominciò a muoversi troppo e le morsi la spalla per farla star ferma. Un qualche istinto animalesco da tempo sepolto sorse per annebbiarmi la mente mentre per la seconda volta mi svuotavo del mio seme dentro la sua fica.

Il suo secondo orgasmo fu intenso e veloce e non volevo che si trattenesse. Sapevo che non poteva lottare contro il potere legante del mio seme, era troppo forte, troppo intenso. Non poteva far altro che venire. Le sue grida echeggiarono nella nostra camera da letto come la più bella musica che avessi mai udito e sapevo che non mi sarei mai stancato di lei. Non l'avrei mai abbandonata.

Quando i nostri respiri si allentarono, la liberai dalle manette e con attenzione le rimossi il vibratore dal culo. Quando ebbi finito, la presi tra le mie braccia e ci sistemai entrambi sul letto. Avevamo bisogno di riposo.

Si rannicchiò contro di me come un cucciolo contento e le carezzai la schiena sudata, le guance, ogni centimetro di pelle che potevo raggiungere, e mi meravigliai dinanzi all'intensità della mia devozione. Sapevo che i miei sentimenti le sarebbe arrivati attraverso il collare, e accolsi quel legame. Eppure, non mi ero dimenticato che la mia piccola compagna era di certo una spia, mandata qui a infiltrarsi e a tradirmi.

Ma non m'importava più. Era stata testata e abbinata. Forse c'erano molti motivi dietro il suo arrivo, ma la nostra connessione era innegabile. Era mia. Dovevo semplicemente lavorare per guadagnarmi la sua fiducia, la sua lealtà. Il resto sarebbe scomparso. Volevo il suo amore, ma ero un uomo realistico. Ciò avrebbe richiesto del tempo che forse non avevo. Le unità di combattimento dal suo mondo sarebbero arrivate tra due giorni. Per la prima volta, mi pentii di aver permesso loro di mandarle così presto, perché ero certo ci fossero altre spie tra i soldati della Terra. Il tempo per conquistare la mia compagna stava per scadere, perché certo loro avrebbero provato a farla ragionare. L'avrebbero spinta a fare gl'interessi della Terra e non i propri.

I suoi interessi? Stare con i propri compagni, i due soli uomini dell'intero universo ad essere perfetti per lei.

Ci coprii entrami con la soffice coperta blu, e mi riempì di gioia quando il suo braccio mi serpeggiò lungo il petto, la sua gamba intrecciata alla mia. La sua mente era vuota. Felice. Quella sensazione era una droga e sapevo che avrei distrutto dei mondi per tenerla qui, tra le mie braccia. Ma anche mentre mi trastullavo con quel pensiero, già sapevo che avrei rovinato quel momento.

"Amanda."

"Uhm?"

"Dobbiamo parlare."

Il suo corpo si fece teso e io mi maledissi, ero un'idiota, ma non c'era modo di evitare il discorso. Dovevo sapere la verità. *Avevo bisogno* che si fidasse di me abbastanza da dirmi la verità. Se quel che avevamo appena condiviso non le rendeva palese la connessione e la fiducia che ci sarebbe potuta essere tra di noi, non sapevo cosa avrebbe potuto.

"Va bene. Di cosa vuoi parlare?" Mi si spinse contro il petto e la lasciai andare, guardandola mente si sedeva e si spostava verso la testata del letto, tirando la coperta per coprirsi completamente. In quel momento odiavo me stesso. Perché non potevo semplicemente godermi il momento, la sensazione di lei tra le mie braccia, così contenta e soffice? Nemmeno per cinque minuti?

Perché ero un comandante, responsabile di migliaia di soldati, di miliardi di vite sui mondi che proteggevamo in questo settore dello spazio. Perché volevo sapere la verità, volevo sapere se la connessione che condividevamo fosse reale, e, se sì, se per lei venisse dopo il suo obiettivo principale, di spiare per conto del suo pianeta, di tradire la Coalizione, di tradire me.

Diamine, *volevo* che il suo unico obiettivo fosse di divenire la compagna ufficiale mia e di Rav, di accettare la nostra rivendicazione, e di rimanere con noi per sempre.

Fino a quando non avrebbe fatto la sua scelta, non potevo ignorare la minaccia che rappresentava.

"Che c'è, Grigg? Sento che la tua mente è al lavoro."

"Rav ha contattato la Custode Egara sulla Terra."

"L'ha fatto? E perché?" L'ansia le spuntò dentro, e allora seppi che Rav aveva ragione.

Mi sedetti vicino a lei e appoggiai la schiena contro il muro, ma senza coprirmi. Ero un guerriero, non una verginella. E se il mio cazzo era ancora mezzo duro per lei, se era ancora appiccicoso ricoperto dei suoi umori e del mio seme, quello forse mi avrebbe aiutato a convincerla che lei era importante per me, che io tenevo a lei più di quanto avessi voluto, date le circostanze.

"Era curioso: chi sei, da dove vieni, come fosti scelta per essere la prima sposa a venire dal tuo mondo."

Si mordicchiò il labbro e strinse le lenzuola che le avvolgevano i seni, le nocche le si fecero bianche. "Non sono così interessante."

"Al contrario. Io penso che un agente operativo, che opera per conto di un'agenzia governativa, col compito di infiltrarsi come spia su una nave aliena, sia incredibilmente interessante."

Si bloccò, i suoi occhi si nascondevano mentre sbatteva lentamente le palpebre. Sorpresa e sollievo mi bombardarono attraverso il collare in egual misura. "Cosa?"

"Mi hai sentito, compagna."

Scosse il capo. "Non capisco di cosa parli."

Ruotai le spalle. "Vedo che vuoi essere sculacciata di nuovo."

"No!" Il suo diniego fu acuto e immediato.

"Bugie, Amanda. Niente più bugie. Che cosa hai inviato alla tua preziosa agenzia a casa?"

Fece spallucce e volevo stringere il pugno vittorioso mentre sentivo che si decideva a parlarmi. "Niente."

"Perché sei qui?"

"Senti, tutta questa cosa della Coalizione Interstellare è una novità per noi. Sulla Terra non abbiamo mai avuto prova del supposto attacco dello Sciame, non abbiamo nessuna prova dell'esistenza dello Sciame. Siete venuti sulla Terra e aveva richiesto donne e soldati per *protezione*." Sollevò le mani, le prime due dita di ogni mano si arricciarono in modo strambo mentre pronunciava la parola. "È tutto un po' inverosimile e conveniente per le forze della Coalizione. È come i mafiosi che estorcono il pizzo."

Non avevo idea a cosa si riferissero metà delle parole che pronunciò, ma afferrai il significato dietro le sue parole. La Terra non credeva a quel che dicevamo. "Lo Sciame è reale, Amanda. Lo combatto da tutta la vita."

Sollevò le ginocchia verso il mento e vi posò le braccia sopra, le guance sopra di esse. Girò la testa per studiarmi. "È quello che dici tu, Grigg. Ma se la minaccia era reale, perché non avete dato alla Terra armi per difendersi? O, quantomeno, condividere un po' della vostra tecnologia curativa che ho visto qui. La tecnologia ReGen da sola potrebbe salvare milioni di vite."

Gli occhi neri di Amanda erano così seri, così contemplativi, e io capii che mi piaceva quel lato di lei tanto quanto mi piaceva la selvaggia seduttrice che si sottometteva meravigliosamente ai miei bisogni sessuali. Questa era la leader di cui il mio popolo aveva bisogno, la vera Lady Zakar che temevo non sarebbe potuta mai diventare.

La mano mi tremò mentre sollevavo le dita per massaggiare il delicato arco dei suoi zigomi e tracciare la fine linea della sua faccia. Non si scostò, né mi si negò, mi guardava semplicemente con l'intelligenza cheta che avevo cominciato sia ad aspettarmi che ad ammirare.

"La nostra tecnologia rigenerativa potrebbe salvare milioni di persone, amore mio, ma potrebbe anche essere usata per ucciderne a miliardi. Ecco perché non pensiamo che sia saggio condividerla con i leader del tuo pianeta. Bisticciano per il territorio e la religione, combattono guerre e uccidono decine di migliaia di persone, mentre già posseggono la tecnologia per sfamare gli affamati, curare i malati, prendersi cura di tutti i cittadini della Terra. Non si rispettano l'un l'altro, non educano la loro gente, non onorano né proteggono le loro donne. Saremmo dei pazzi a dare tali armi a delle menti così primitive."

La guardai mentre considerava le mie parole, soppesandole per comprendere la verità e accettare quel che dicevo. Non mentivo, e i nostri collari le avrebbero trasmesso la sincerità tanto chiaramente quanto i suoi dubbi arrivavano a me.

"E lo Sciame?"

Il mio pollice trovò il suo labbro inferiore e si fermò, stuzzicando quella soffice paffutezza fino a quando lei non aprì la bocca abbastanza da mordicchiarmi la punta del dito con i denti. "Non ti voglio vicino a quei bastardi. Ma se vuoi una prova, ti porterò sul ponte di comando domattina. I nostri guerrieri hanno in programma di distruggere una delle loro Unità Integrative. Ti mostrerò quel che vuoi vedere, Amanda, ma non troverai quel che cerchi."

"E cioè?"

"La conferma della speranza terrestre che la minaccia sia una menzogna. Lo Sciame è pericoloso e terrificante. I nostri guerrieri preferiscono la morte alla cattura. Lo Sciame consuma ogni vita in un cui s'imbatte con una spietatezza che può essere creata solo dalla mente di una macchina. Adesso sei sospettosa, amore mio. Ma domani sarai terrorizzata."

Sollevò il mento e il mio dito cadde. "Almeno saprò la verità."

Scossi la testa e la tirai tra le mie braccia, là dove apparteneva. "No. Sai già la verità. Sai già che quel che ti dico è vero. Il mondo da cui vieni, quelle persone per le quali lavori – che pensano che ancora lavori per loro – non ti appartengono più. Sei una Prillon ora. Sei una sposa guerriera di Prillon Prime, la Lady Zakar. Ti sto dicendo la verità. Siamo *noi* la verità. *Vivi* la verità qui, ora, con noi. È solo che non vuoi accettarla."

Non rispose. Cos'avrebbe potuto dire? Non poteva controbattere ulteriormente, perché le sue informazioni erano incomplete. Domani, quando la porterò sul ponte di comando, quando avrà tutte le informazioni di cui ha bisogno per esprimere un giudizio appropriato, allora sì che potremo continuare a discutere.

Amanda scivolò nel sonno tra le mie braccia, e io rimasi a guardare il soffitto fino quando Rav non tornò dopo il suo turno di lavoro. Ci guardò, i giocattoli dimenticati ancora sul pavimento, e ridacchiò. "L'hai sfinita?"

"Mi ha detto la verità," risposi. La mia voce si abbassò per non svegliarla.

Questo colse la sua attenzione. "Ha ammesso di essere una spia?"

"Sì. Domani mattina la porterò sul ponte di comando, così che possa guardare gli stormi colpire l'Unità Integrativa più vicina."

Rav fece una smorfia e si sfilò i vestiti. "Le farà rivoltare lo stomaco. Abbiamo perso un intero stormo l'altra settimana."

Attraverso il collare potei percepire la rabbia di Rav e Amanda si mosse. Forse l'aveva percepita anche lei, persino nel sonno.

"Lo so. Ma vuole sapere la verità, la nostra compagna umana. E le ho promesso che gliel'avrei data. Prima la vede, prima diventa nostra. Del tutto."

Nudo, Rav strisciò sul letto dietro ad Amanda e tracciò la curva del suo fianco con una mano, e, mentre si fermava e chiudeva gli occhi, percepii la sua stanchezza attraverso la nostra connessione. "Lei crede di volerlo sapere. La terrorizzerà, Grigg. È troppo. Potremmo perderla."

"La perderemo se non le lasceremo vedere la verità."

Rav cedette. Sapevamo entrambi quanto testarda la nostra splendida compagna potesse essere. "Spero che tu sappia quel che stai facendo, Grigg."

"Lo spero anch'io."

12

A manda

IL PONTE di comando della *Corazzata Zakar* non era come me l'aspettavo. Avevo visto Star Trek più di una volta e mi ero figurata un mucchio di sedie rivolte verso uno schermo, con il comandante seduto al centro come un re sul trono.

Che stupidaggine.

La stanza era tonda, c'era una passerella centrale e molti schermi che scendevano dal soffitto verso il centro. Altri schermi erano allineati sulla parte alta del muro esterno. Lo spazio era quello di un piccolo caffè, e molto più attivo di quanto non avessi immaginato. Gli schermi mostravano i pianeti e i sistemi interni della nave, comunicazioni e schemi di volo, planimetrie e rapporti che non capivo e non avrei capito in nessun modo. Gli oggetti che venivano mostrati erano controllati da più d'uno degli ufficiali di Grigg che stazionavano attorno al bordo esterno della sala. Quasi trenta ufficiali di vario grado presidiavano le stazioni di lavoro o vi si affrettavano attorno. Le comunicazioni erano precise e ordinate, e i guerrieri lavoravano come un ingranaggio ben oliato.

Alcuni indossavano l'armatura nera dei guerrieri segnati dalla guerra, alcune erano blu, per gli ingegneri; altre erano rosse, per le armi. C'erano tre guerrieri vestiti di bianco. Non sapevo quale fosse il loro ruolo e non volevo interromperli per domandarglielo. L'aria brulicava di tensione e quell'energia fluì in me attraverso il mio compagno che si preparava a guardare i propri guerrieri che andavano in battaglia.

L'asilo che si trovava molti piani più in basso era completamente diverso da tutto questo. Quello era la vita. Questo... questo era la vita *e* la morte.

Questa non era la loro prima battaglia. Era la mia. Mi sudavano le mani e me le asciugai sopra il morbido tessuto della mia tunica blu mentre seguivo Grigg in giro per la stanza come un cucciolo, ascoltando ogni sua parola, guardando e assorbendo quanto più possibile. Quelli che distoglievano lo sguardo dal monitor mi annuivano con deferenza, ma sentii che il rispetto era una distrazione. *Io* mi sentivo una distrazione per Grigg. Ma voleva che vedessi. Aveva bisogno che vedessi.

Vidi delle armi, dei sistemi di tracciamento delle navi, dei sistemi di navigazione che avrebbero fatto sbavare gli astrofisici e gli ingegneri della NASA. Si trovava tutto qui e Grigg non mi nascose niente. Niente.

"Comandante, l'Ottavo Stormo è in posizione. E così anche la navicella di trasporto."

Grigg annuì. Mi aveva detto che lo stormo avrebbe eliminato ogni resistenza mentre la navicella atterrava per recuperare i prigionieri presi dallo Sciame. Erano la protezione e i muscoli della navicella indifesa. Una volta liberati i prigionieri, i combattenti avrebbero distrutto il piccolo avamposto dello Sciame. Il mio compagno camminò verso l'unico sedile vuoto della stanza. Posizionatosi tra i controlli rossi delle armi e i controlli blu dell'ingegneria, si scostò così che potessi sedermi vicino a lui. E lo feci.

"Il Quarto?" chiese.

"Pronto, signore."

"Collegatevi con il Capitano Wyle."

"Sì, signore." Pochi secondi dopo lo schermo direttamente sopra di me si riempì con la faccia di un guerriero Prillon dagli occhi dorati, la sua faccia appena oscurata da un elmetto da pilota.

"Comandante?"

Grigg si alzò e cominciò a camminare. "Wyle, qual è la tua situazione?"

Gli occhi del capitano sfrecciarono da un punto all'altro, controllando i dati e i sistemi che noi non potevamo vedere. "Siamo pronti, Comandante. Vedo che ci sono tre incrociatori, nessun soldato. Una pulizia veloce, signore."

Grigg annuì. "Perfetto, Capitano. È la tua operazione. Noi ti monitoreremo da qui. Vai."

"Ricevuto." La faccia del capitano svanì dallo schermo, ma l'andatura agitata di Grigg si fece più veloce e mormorò sottovoce.

"C'è qualcosa che non va. È troppo facile, cazzo."

Un enorme guerriero con delle fasce dorate attorno ai polsi, un Signore della Guerra Atlan, come mi ricordai, dalla sua stazione si voltò verso Grigg. "Vuole che li richiami?"

Grigg scosse il capo. "No, la decisione spetta al Capitano Wyle."

"Tutto verificato, signore. Gli incrociatori non hanno rilevato nessuna presenza dello Sciame sulla luna. Solo le Unita Integrative." Quel gigante aveva i capelli marroni e la sua pelle era più umana di quella di chiunque altro avessi incontrato a bordo della nave. Indossava un'armatura nera, non rossa, e dai suoi occhi tesi capii che era scontento quanto Grigg di essere intrappolato in questa operazione.

"Lo so." Grigg mi lanciò un'occhiata, e fui ben conscia di essere in parte ragione della sua ansia, della sua tensione nervosa. Lo potevo sentire attraverso il collare abbastanza facilmente, ma era nell'aria. La pressione, l'intensità di quello che stava per accadere. Volevo stendere le braccia e fargli sapere che tutto sarebbe andato bene. Mi ero trovata in situazioni ben più spaventose di questa. Non ero un fiorellino delicato che dev'essere protetto e messo al sicuro. Volevo sapere cosa accadesse là fuori. Avevo bisogno di sapere.

"Si comincia." Un giovane guerriero in bianco parlò e tutti si voltarono febbrilmente verso i loro monitor. In pochi secondi, diversi schermi erano infiammati dai colpi sparati, dalle esplosioni, e i suoni silenziosi della battaglia riempirono la stanza. Era come guardare dei guerrieri spaziali con delle telecamere attaccate nelle loro cabine di pilotaggio. Una dozzina di scene differenti tracciava i piloti mentre combattevano le navi dello Sciame. Le esplosioni erano silenziose, come se fossero delle comunicazioni rapidissime, le voci dei piloti un flusso costante di brusii che faticavo a mettere in un ordine comprensibile.

"Altri due dietro di te."

"Fuoco! Fuoco! Fuoco! Ne abbiamo tre da dietro la luna."

"Li vedo."

"Da dove sbucano fuori? Cazzo. Non li vedo."

"Wyle, sono stato colpito!"

"Sganciati, Brax! Ora!"

Grigg ringhiò e uno degli uomini in bianco si mosse freneticamente verso la sua stazione, comunicando con qualcuno che non potevo vedere. Qualunque cosa stesse facendo doveva essere stata prevista, perché Grigg si voltò immediatamente verso di lui.

"La navicella?"

"No. Sono già sulla superficie. Recupero più vicino a tre minuti."

"Cazzo. Non è veloce abbastanza." La mascella di Grigg si tese e capii che pensava che il guerriero fosse spacciato.

In accordo con la premonizione di Grigg, vidi un'esplosione gialla e luminosa indirizzata verso il pilota che fluttuava nello spazio come un bersaglio roteante. Smisi di respirare mentre la sfera lo travolgeva. Le sue grida di agonia riempirono la piccola stanza mentre i guerrieri nelle navicelle attorno a lui si mettevano in azione ed eliminavano la navicella dello Sciame che aveva sparato.

"Uccidete quel bastardo!"

"Brax! Cazzo!"

"Quarto, sbrigatevi, ce ne sono altri in arrivo dalla superficie."

"Cazzo. Quanti? Non vedo niente."

"Non li vedo – aspetta. Cazzo. No, dodici. Qualcuno può confermare dodici, cazzo?"

"Altri tre qui. Abbandonare. Ce ne sono troppi." Riconobbi la voce del Capitano Wyle. "Navicella, andatevene di lì. Tutti i piloti in formazione di difesa. Andiamocene da qui, cazzo. Comandante Zakar? Sono Wyle."

"Sono qui."

"Arriviamo spediti. Non c'è niente sui nostri radar, ma conto quindici navicelle, e ci stanno inseguendo."

"Ricevuto. Aspetta. Arriviamo."

"Sbrigatevi, cazzo. Altrimenti siamo tutti morti."

Grigg si voltò verso uno dei guerrieri in rosso. "Fai scattare il Settimo e il Nono. Ora! Tutti i piloti. Li voglio pronti a partire in sessanta secondi."

Il guerriero non rispose. Si voltò verso la propria stazione e parlò con qualcuno mentre delle luci accecanti e dei segnali di allarme risuonavano dalla sua plancia.

Le discese e gli zoom, i movimenti ad alta velocità sugli schermi mi fecero barcollare. Ero grata di avere una sedia a cui aggrapparmi mentre la nausea incombeva. Decisa a non distogliere lo sguardo, provai a tracciare e a capire le immagini che si muovevano a una velocità tale da stordirmi. Mi sentivo indifesa, debole, inutile. Potevo solo immaginare come si sentisse Grigg mentre i suoi uomini erano là fuori sotto il suo comando, sotto il fuoco nemico. A morire.

Tutt'attorno a noi risuonavano i brusii della battaglia mentre i piloti si parlavano l'un l'altro, scacciando gli inseguitori. Ci fu una piccola celebrazione quando arrivarono i rinforzi e lo Sciame interruppe l'inseguimento, girandosi per fuggire in direzione opposta, tornando da dove diavolo erano venuti.

La voce del Capitano Wyle arrivò forte e chiara. "Fuggono, signore. Vuole che li inseguiamo?"

"Negativo. Quel che dovete fare è scoprire come un intero squadrone di ricognitori abbiano fatto a sorprenderci."

"Ricevuto, signore."

L'umore nella stanza si acquietò in un indaffarato mormorio, come per riposarsi dopo un'esplosione, e mi appoggiai allo schienale della sedia con il battito a mille e la mente che correva di qua e di là ai rapporti dei piloti. La battaglia era stata reale. Quel povero pilota, Brax, era morto. Ma la mia curiosità non era stata soddisfatta. Volevo vedere la faccia del nemico, volevo *sapere* cosa fossero.

Mi sentivo così tesa che pensai che avrei vomitato. Un po' della tensione era la mia, ma una parte non trascurabile proveniva da Grigg. L'energia e la rabbia fluivano da lui come una marea di odio così intenso che a malapena potevo capirlo. Grigg odiava lo Sciame con una veemenza che era come un montante al fegato. E io avevo dubitato di questa guerra. Avevo dubitato di *lui*.

Ma, in superficie, la faccia del mio compagno era di pietra, calma come il granito, e mi meravigliai di quella facciata, del controllo di ferro che ci voleva per governare la tempesta di potere che sentivo macerava sotto la sua pelle. La mia ammirazione nei suoi confronti aumentò mentre ancorava l'equipaggio con la sua voce potente e la sua falcata confidente. Il suo potere teneva lontano il caos, e solo la sua volontà si interponeva tra la vita e la morte di molti, sia di quelli qui sulla nave che di quelli che là fuori combattevano nello spazio per le loro vite.

Il guerriero in bianco si voltò verso Grigg. "La navicella ci comunica che hanno portato a bordo due sopravvissuti dalla base dello Sciame, signore."

Le spalle di Grigg si strinsero, e il dolore che fluiva attraverso la nostra connessione era vecchio e profondo, come un osso rotto che si rifiutava di guarire. In superficie? Non mostrava niente, nemmeno un fremito delle palpebre né il minimo cipiglio. Volevo rassicurarlo, abbracciarlo, alleviare il suo dolore. "Allerta medica."

"Sì, signore."

Grigg si voltò verso di me e tese la mano. La sua mascella era tesa. Ogni linea del suo corpo era tesa. "Vuoi vedere la faccia del nostro nemico, capirlo?"

"Sì." Misi la mia mano nella sua e mi alzai mentre lui mi aiutava con gentilezza.

Sospirò, le sue labbra formavamo una sottile linea che avrei imparato a riconoscere come paura. "Va bene, Amanda. Vedere la battaglia era brutto abbastanza. Vieni con me, ma non dire che non ti ho avvertita." Ci incamminammo mentre parlava a un grosso guerriero all'altro lato della stanza. "Trist, il ponte di comando è tuo."

"Sì, signore. Lady Zakar, è un onore."

"Grazie."

Il guerriero gigante si inchinò mentre gli passavamo di fronte. Grigg mi condusse per un corridoio, le mie mani erano al sicuro nelle sue. Mi fece sentire più sicura semplicemente toccandomi. Speravo di confortarlo almeno un po' con il mio tocco. "Dove andiamo?"

"Nel reparto medico."

———

Conrav, *Stazione Medica Uno*

Scrollai le spalle mentre i due guerrieri contaminati che erano sopravvissuti alla base dello Sciame arrivarono sui lettini da campo, trasportati in tutta fretta dalla navicella.

Avremmo provato a salvarli. Ci provavamo *sempre*.

"Dottor Rhome?"

"Sono qui." Il razionale dottore era stato trasferito qui dopo che suo figlio era perito nella battaglia del Settore 453. Aveva vent'anni più di me e aveva visto più Integrazioni dello Sciame di quante potessi immaginare. Era il mio obiettivo, l'obiettivo di Grigg, di non fare mai paragoni.

I due corpi si contorsero e combatterono i ceppi che li tenevano bloccati sui lettini. Due giorni fa, erano dei giovani guerrieri Prillon nel loro periodo migliore, persi durante una ricognizione. Ma ora?

Erano sempre dei guerrieri, ma non avevano memoria del loro passato, e le loro identità erano state spazzate via da quello che mi era stato descritto come un costante ronzio dentro le loro menti.

Come tutti i guerrieri, erano grossi, e con i nuovi impianti dello Sciame sarebbero stati più forti di chiunque eccetto che dei guerrieri Atlan in modalità berserker. I microscopici bio-impianti integrati nei loro sistemi nervosi e muscolari li rendevano più forti, veloci, e più difficili da uccidere di noi, che eravamo biologicamente inferiori.

Cazzo di Sciame.

"Quale vuoi?"

Il dottor Rhome fece spallucce. "Prenderò quello a destra."

Annui, e lui fece un passo avanti, ordinando al suo team di muovere il paziente verso la stazione chirurgica. Io andai a sinistra con la mia squadra e il guerriero che ancora indossava il collare arancio scuro da compagno Myntar attorno al collo.

Cazzo. Lo conoscevo.

La porta della stazione medica si aprì e percepii chi ci fosse al di là ancor prima che Grigg ed Amanda entrassero nella stanza. Istruii il mio team chirurgico di continuare e preparare il guerriero e guardai Grigg. "Lei non ha niente da fare qui. Te ne sei uscito di testa, cazzo?"

Non era una guerriera, non era un dottore. Non avrebbe dovuto vedere questo dolore, la disturbante realtà della guerra.

Lo sguardo di Grigg era caldo, duro e completamente inesplorabile. "Deve vedere quel che ci succede, quel che succederà alla Terra."

"No." Mi voltai verso la nostra compagna, verso i suoi dolci occhi marroni, così innocenti, così maledettamente testardi. "No, Amanda. Non lo permetterò. Non dovresti vedere tutto questo. Ti parlo come tuo secondo, il mio unico desiderio è di proteggerti, di proteggerti da tutto questo."

Il guerriero contaminato alla mia destra urlò e s'infuriò mentre il team chirurgico faticava a sedarlo per estrarre il processore centrale impiantato dallo Sciame. Amanda sobbalzò nel sentirlo e io scossi la testa verso di lei. Se il guerriero fosse sopravvissuto, sarebbe stato mandato nella Colonia così da poter vivere il resto dei suoi giorni in tranquillità.

La maggior parte non sopravvivevano.

Non le potevo far vedere questa miseria oscura, non volevo che la sozzura dello Sciame la contaminasse. "No, Amanda."

"Rav, per favore." I suoi occhi fremevano. Era ansiosa, non di vedere la crudeltà di quello che lo Sciame ci faceva, ma ansiosa di scoprire la verità. "Devo vedere con i miei occhi."

"No," ripetei. Il mio primo istinto fu quello di proteggere la mia compagna, e non c'era nessuna cazzo di possibilità che lei vedesse uno di questi figli di puttana sul tavolo.

Grigg ringhiò e già sapevo che avrei odiato le parole che

stavano per uscirgli dalla bocca. "Mostraglielo, Rav. È un ordine."

"Cazzo." Scossi il capo. "Ti odio, cazzo."

"Lo so."

Non potei guardarlo mentre mi voltavo verso il mio team. Ignorai anche Amanda mentre lei e Grigg mi seguivano come due ombre.

Il guerriero era stato legato al tavolo chirurgico con dei legacci speciali che avevamo creato proprio per questo motivo. Gli impianti dello Sciame li rendevano così forti che avevamo dovuto sviluppare delle leghe speciali per poterli contenere.

Il guerriero che aveva preso il dottor Rhome era stato sistemato e sapevo che il suo fato sarebbe stato deciso nel giro di qualche minuto. Me lo tolsi dai pensieri. Era nelle mani del dottor Rhome. Io avevo il mio paziente di cui dovevo occuparmi.

Il guerriero sul tavolo di fronte a me era ricoperto da una pelle argentea che gli partiva dal collo e saliva su per il suo viso fino alle tempie, ma per qualche strana ragione lo Sciame non aveva toccato la fronte né i capelli. Il suo braccio sinistro era stato completamente meccanizzato, i compartimenti robotici si aprivano e chiudevano mentre dei piccoli gadget e delle piccole armi ricercavano un bersaglio. Le sue gambe sembravano normali, ma non c'era modo di saperlo con certezza fino a quando non l'avessimo spogliato completamente e avessimo condotto un'ispezione completa.

Non ce ne saremmo preoccupati a meno che non fosse sopravvissuto ai prossimi cinque minuti.

"Sedatelo, ora."

"Sì, dottore."

Amanda si avvicinò ai suoi piedi e non potei guardarla mentre il mio paziente si agitava e gridava, le sue parole erano una baraonda inintelligibile di suoni. Il rumore si spense e i monitor vitali sul muro indicarono che la sua mente era diventata incosciente.

"Giratelo." Quattro persone dello staff medico si sbrigarono a eseguire i miei ordini, tutte facce che conoscevo e di cui mi fidavo, facce con cui già avevo condiviso l'inferno. Ancora e ancora.

Guardando sopra le mie spalle, segnalai a un membro del mio staff che era libero di unirsi a noi. La giovane donna, accoppiata di recente e ancora ignara degli orrori della guerra, mi raggiunse in fretta. "Sì, dottore?"

"Per favore informi il Capitano Myntar che il suo secondo è stato recuperato dall'Unità Integrativa dello Sciame e ora lo stiamo curando nell'unità medica uno." Il Capitano Myntar avrebbe letto tra le righe e, se era sveglio, avrebbe tenuto la sua compagna Mara ben lontano da qui.

"È sul ponte di comando," aggiunse Grigg. "Dannazione."

Corse via per eseguire il mio ordine, per comunicare la notizia al nostro terzo in comando. Amanda si coprì la bocca con una mano. "Myntar?"

"Sì."

Amanda sussultò e mi voltai verso di lei.

"Va tutto bene?"

"Sì, è che – Mara. La conosco. È lei che... è il compagno di Mara?"

Sollevai lo sguardo verso Grigg e annuii. Il tempo dei segreti e delle mezze verità era finito. Abbassai il tono della mia voce e le risposi. "Sì, compagna. Questo è il secondo compagno di Mara."

"Oh, Dio."

Grigg la condusse verso il lato opposto dell'area di chirurgia, il suo braccio attorno alla sua vita mentre io tornavo a concentrarmi pienamente sul guerriero la cui vita era ancora in bilico. Ora giaceva su un lato, il mio team aveva asportato l'armatura che gli copriva la spina dorsale. La nuova ferita era facile da vedere, un segno lungo quasi quindici centimetri correva lungo il lato della sua spina dorsale, non lontano dal suo cuore.

"Campo di bio-integrazione?" chiesi mentre mi posizionavo dietro di lui.

"Attivato e pienamente operativo, dottore."

Il campo di energia che circondava il suo corpo avrebbe prevenuto il sorgere di infezioni o di contaminazioni incrociate quando l'avremmo aperto. Ruotai appena le spalle, provando ad alleviare la tensione che mi pizzicava come delle morse microscopiche. Certi giorni odiavo questo cazzo di lavoro. Questo non era essere un dottore, guarire i malati. Questo era essere un macellaio e, spesso, un assassino.

Non sparavo ai ricognitori dello Sciame mentre volavano o li distruggevo a mani nude sul campo di battaglia, ma avevo causato la morte di molti dei nostri, proprio qui in questa stanza pensata per curare. E la cosa che mi fotteva veramente il cervello era sapere che ognuno di loro mi avrebbe ringraziato, se solo avesse potuto.

Qualcuno mi passò un paio di guanti chirurgici e me li infilai mentre un altro posizionava la lama a ioni sul vassoio all'altezza del mio fianco sinistro. Tagliare era barbarico, oltre ogni crudeltà, ma era l'unico modo per rimuovere gli oggetti estranei che lo Sciame impiantava nei nostri guerrieri, nelle nostre donne, nei nostri cazzo di bambini.

"Va bene, estraiamo quella cazzo di cosa."

"È stabile."

Annuii e afferrai la lama a ioni. Sollevai il congegno all'altezza della schiena di Myntar, cominciai a incidere lentamente, tagliando ogni strato fino a quando le ossa della spina dorsale non furono visibili. Ma sapevo che non sarebbe stato abbastanza. Continuai a tagliare l'osso fino a quando non vidi quel che cercavo, la sfera argentea attaccata al midollo spinale. Una miriade di viticci microscopici si facevano strada su e giù

per la sua spina dorsale, intessuti nel suo sistema. Conqui-
standolo.

Chiamavamo quello strano congegno il processore principale, poiché ogni membro dello Sciame, dal ricognitore di più
basso grado alle classi più feroci di soldati, smettevano di
funzionare quando veniva rimosso. Una volta rimosso, infatti,
le menti degl'individui divenivano una cosa a parte, un costante
brusio che pativano come parte del collettivo.

Non c'era un modo facile di rimuoverlo. Nel corso dei secoli
avevamo provato di tutto. Tagliare. Strappare. Lacerare. Sciogliere il metallo. Non importava quanto il nostro metodo fosse
gentile o spietato, il risultato era sempre lo stesso.

L'uomo o viveva, o moriva nel giro di pochi minuti. Una
sequenza di autodistruzione veniva attivata dagli impianti
rimanenti che si erano diffusi attraverso tutto il corpo della
vittima. Non era bello da vedere, né privo di dolore per la
vittima.

"Lo vedo, dottore."

"Sì." Posizionai la lama e infilai le dita dentro la carne
esposta del soldato. Avvinghiai le dita attorno alla sfera di
metallo grande un quarto del mio pugno. "Tutti pronti?"

Un coro di sì mi risuonò attorno mentre digrignavo i denti e
cominciavo a tirare. Con forza.

13

A manda

Il braccio di Grigg era l'unica cosa che mi teneva in piedi. Il *compagno* di Mara. Il secondo padre del piccolo Lan. La sua famiglia era sul punto di andare in frantumi, proprio di fronte ai miei occhi, e non potei fare a meno di immaginare il dolore lancinante nel perdere uno dei miei compagni, di vedere Grigg o Rav così indifesi e rotti su quel tavolo.

Non sapevo esattamente cosa stessero facendo a quel guerriero Prillon, ma dalla tensione nell'aria e dalle facce contorte per la stanza sapevo che non era niente di buono. Ignorai i suoni del secondo team medico che lavorava al di là della stanza su un altro guerriero. Forse anche lui aveva una famiglia. Persone che amava. Non volevo saperlo. Qui avevo già il massimo che potevo sopportare.

Che l'uomo fosse un guerriero Prillon era evidente dai suoi capelli dorati, dai suoi lineamenti duri e dalla fronte del colore dell'oro scuro. Ma, più in basso, la sua pelle era stata alterata in uno strano, luccicante color argento. Prima che lo facessero svenire, tutto il suo braccio sinistro sembrava qualcosa sbucato fuori da un film horror con i robot: dei piccoli congegni strani spuntavano fuori dalla sua carne e cliccavano, scattavano, e ronzavano nello spazio vuoto come una mosca smarrita che sbatte ripetutamente contro una finestra mentre prova a uscire fuori.

Tutto questo era strano e triste. "Che cosa gli hanno fatto?" Sussurrai la mia domanda a Grigg, mentre Rav era completamente concentrato sul suo paziente e non volevo distrarlo.

"Lo Sciame consuma le altre razze. Ci impiantano dei meccanismi che regolano il nostro corpo. Il processore madre che Rav sta cercando di rimuovere è integrato con il midollo spinale. È fatto di un materiale biosintetico, continua a crescere e a espandersi, fino a quando non s'infiltra nel cervello. Dopo, non c'è più alcuna speranza."

"Non capisco." Non distolsi lo sguardo mentre Rav apriva la schiena del guerriero. Mi sporsi persino in avanti quando la brillante luce argentea di un oggetto estraneo divenne visibile là dove, in qualche modo, era attaccata alla spina dorsale dell'uomo. *Il processore principale.* Era del tutto alieno, molto più sinistro di qualunque cosa avessi mai visto.

La mano di Grigg mi si posò sul collo e incrociai le braccia sul petto, confortandomi pensando al disgusto che avrei provato.

"Rav ora la rimuoverà. Quando avrà finito, lo sapremo."

"Sapremo cosa?"

"O si sveglierà dal suo torpore e si ricorderà chi è, in qual caso sarà trasportato di corsa nella capsula ReGen per riparare i danni alla sua spina dorsale."

"O...?" Diedi a Grigg un colpetto con la spalla, spingendomi contro il forte dito che mi massaggiava alla base del collo.

"O si autodistruggerà."

Sussultai. "Cosa?"

Che diamine voleva dire? Aprii la bocca per porre un'altra domanda, ma tutti i miei pensieri volarono via mentre guardavo i muscoli di Rav che si gonfiavano e flettevano mentre si spingeva contro il bordo del tavolo e, con un violento movimento dell'avambraccio, strappava la sfera d'argento attaccata alla schiena del guerriero.

"Contenimento!" Rav abbaiò l'ordine e subito uno dei suoi aiutanti in grigio gli corse vicino con una piccola scatola nera in mano in cui Rav lasciò cadere la sfera d'argento. I viticci, simili a dei capelli, ondeggiavano in aria come alla ricerca di un altro ospite, di un altro corpo da invadere.

Quella cosa era più disgustosa del peggiore scarafaggio che avevo trovato sotto il lavandino della mia catapecchia all'università.

L'ufficiale richiuse il coperchio e corse alla stazione S-Gen al centro della stazione medica. In tutta fretta, posò la mano sullo scanner e io sospirai di sollievo quando la luminosa luce verde avvampò e la scatola con dentro quella schifosa sfera argentea scomparve. Per sempre, si spera.

Mi voltai verso Rav che stava finendo. Stava agitando una piccola bacchetta ReGen sopra il taglio che aveva inciso nella schiena del guerriero. "Tempo?"

"Due minuti."

Rav sembrava triste, rassegnato, e, dalla rabbia e l'impotenza che sentivo fluire attraverso il collare, sapevo che Rav non pensava che il guerriero sarebbe sopravvissuto. "Spostatelo sulla schiena. Vediamo se si sveglia."

Tutti si sbrigarono a eseguire gli ordini di Rav. Mi morsi il labbro aspettando di vedere cosa sarebbe successo. I gadget sul braccio del guerriero erano dormienti, e chiesi cosa sarebbe successo loro se lui fosse sopravvissuto.

Rav allora mi guardò. Il suo sguardo, a differenza di quello di Grigg, non mi nascondeva nulla. Lasciava che vedessi ogni cosa, il dolore, la rabbia impotente, il rimorso nel non poter fare di più. Potevo *sentirlo.*

"Se sopravvive, rimuoverò tutto quello che posso. Ma i danni più gravi sono microscopici. Gli impianti biologici, troppo piccoli per essere trovati o rimossi, sono stati incorporati nei suoi muscoli, nelle ossa, negli occhi e nella pelle, tutti progettati per renderlo più forte e più veloce, con la vista più acuta, la sua carne più resistente alle temperature più estreme."

"Lui – Posso –" Diamine, non sapevo nemmeno io cosa volessi dire, ma volevo guardare da più vicino.

Grigg lasciò decidere a Rav, che subito annuì. Sospirò. Probabilmente aveva capito che non poteva più proteggermi dal peggio. "Su, Amanda. Da' un'occhiata a quello che lo Sciame è in grado di fare."

Feci un passo avanti, le mie gambe erano rigide e insicure, ma respinsi l'offerta di Grigg di aiutarmi. Volevo vedere per conto mio. Avevo bisogno di vedere.

Quattro passi, cinque, e mi ritrovai vicino alla massa muscolosa del guerriero incosciente. Sembrava quasi in pace, la sua strana faccia argentata riposava. Camminai attorno ai lati del tavolo operatorio, osservando tutto, gli strani pezzi metallici attaccati al suo braccio, la sfumatura argentea della sua pelle, la completa mancanza del riconoscimento o del controllo che possedeva prima che lo sottoponessero a tutto ciò. Era impazzito, era diventato incoerente. Irriconoscibile come – come cosa? Pensavo a lui come a un essere umano, ma non era umano, giusto?

Era un alieno. Un guerriero Prillon che solo qualche giorno prima avrei chiamato nemico. Invasore. Artista del ricatto.

Ma era il compagno di Mara. Un padre. Un uomo di famiglia. Un guerriero che voleva la pace tanto quanto la voleva ogni soldato sulla Terra.

La vergogna mi mulinava nel petto, e capii quanto cazzo

fosse piccola la Terra, e quanto ancora più piccoli fossero i nostri intelletti superstiziosi e spaventati.

Sollevai lo sguardo verso i miei due compagni e lasciai che il mio rimorso, la mia comprensione, fluissero a ognuno di loro attraverso il nostro legame condiviso. "Mi dispiace così tanto. Non sapevo..."

Si mossero, come per decidere cosa dirmi ora che non li contrastavo più, ora che non resistevo più alla verità della mia nuova vita. Vedere il compagno di Mara aveva solidificato tutto ciò. Qualunque fossero i dubbi della Terra, non erano più i miei. Conoscevo la verità. L'avevo vista in prima persona. Credevo alla Coalizione. Credevo ai miei compagni.

Avevo bisogno di contattare l'agenzia il prima possibile, informarla su quanto stava accadendo qui. Sulla verità.

L'unità di comunicazione nel reparto medico suonò, e seguì una voce che riconobbi essere quella del Capitano Trist. "Comandante, abbiamo bisogno di lei sul ponte. Ci sono degl'incrociatori dello Sciame che si dirigono verso di noi. Provengono da tre sistemi."

Grigg mi guardò e io annuii e lo salutai. Stavo bene. Avevano bisogno di lui per mantenerci tutti al sicuro. Mentre Rav salvava vite nell'unità medica, Grigg salvava vite comandando. Gestendo la nave, gli squadroni. Tutti noi.

"Vai. Hanno bisogno di te."

Annuì una volta, si voltò e mi lasciò con Rav.

Il guerriero che avevano salvato si mosse. Un lieve lamento lasciò la sua gola mentre mi sporgevo su di lui. I suoi occhi tremolarono e si aprirono, e sentii il mio stesso sguardo spalancarsi dinanzi al chiaro baluginio argentato che gli cerchiava le iridi. L'effetto era simile a quello delle eclissi solari che avevo visto in foto.

"Mara." Il guerriero chiamò la sua compagna, ma il suo sguardo era fisso su di me, e io non sembravo affatto quella donna alta, arancio e dorata, che gli apparteneva.

"Sta arrivando."

"Mara!" La sua schiena si inarcò e istintivamente gli afferrai la mano per dargli un po' di conforto. La sua stretta mi spezzò quasi le dita, ma lo tenni stretto e gli piazzai la mano libera sulla fronte.

"Shhh. Va tutto bene. Mara sta arrivando."

"Mara." Si calmò quando lo toccai. Il suo sguardo era fisso sul mio viso, ma lui vedeva quello di un'altra mentre gli carezzavo i capelli che aveva sulla fronte con quella che speravo essere una carezza confortante.

Un sussulto giunse dalla sua spina dorsale, si estese ai suoi arti, e d'improvviso Rav era lì, e mi spingeva indietro, lontana da quel guerriero che s'agitava e si contorceva dolorante sul tavolo.

"Che cosa succede?"

"Sta morendo." Rav mi si strinse al petto ma non mi forzò a voltarmi. Non *potevo* distogliere lo sguardo mentre i gadget lungo il suo braccio trasudavano come se qualcuno avesse pompato dell'acido all'interno del metallo, bruciandogli il corpo dall'interno. La sua pelle ribolliva e s'infiammava, come se stesse bollendo dall'interno.

Mi venne la nausea, e ricacciai la bile mentre la sua cassa toracica collassava, il suo petto implodeva in una scena orripilante che mai avrei pensato potesse esistere fuori dai film horror. Le lacrime mi colarono sul viso. Rav mi sollevò e finalmente mi fece voltare, interponendo il suo corpo grande, caldo e sicuro tra me e le cose terribili che accadevano sul tavolo dietro di lui. "Va bene, Amanda, basta così."

Inspirai, tremando come una foglia. Volevo sapere, e ora avevo saputo. Che Dio mi aiuti.

L'odore della pelle del guerriero che ribolliva mi intasò la testa e cominciai a soffocare. Mi aggrappai disperatamente all'uniforme di Rav: "Non riesco a respirare."

"Portatelo fuori di qui prima che arrivi la sua compagna."

Rav diede l'ordine al di là delle sue spalle mentre mi portava fuori dalla stanza. Prima che potessimo raggiungere la porta, inciampai e lui mi afferrò, cullandomi con le sue braccia mentre mi riportava nella piccola stanza per gli esami dove avevo incontrato lui e Grigg per la prima volta.

Quando la porta si chiuse dietro di noi, stavo tremando.

"Shhh, compagna. Va tutto bene."

"Ri... ribolliva."

Rav imprecò. "Mi dispiace, Amanda. Avevo provato ad avvertirti."

E l'aveva fatto, il mio compassionevole Rav. Aveva discusso con Grigg, provato ad evitarmi quello spettacolo. Sapeva quanto brutto sarebbe stato, entrambi lo sapevano.

Rav si sedette su una sedia e mi depose nel suo grembo. Provai a concentrarmi sul suo odore, sul suo calore, sulla forza delle braccia che mi stringevano forte a lui. Afferrai la sua maglietta, tenendomi forte, come fosse la mia ancora. Respirai fino a quando lo stomaco non mi si calmò e riuscii di nuovo a pensare.

"No. Avevo bisogno di sapere. Dovevo vedere con miei occhi." Alzai la testa e gli diedi un bacio tenero sul collo, avvolgendogli le braccia attorno alla vita, premendo la guancia contro il suo petto mentre lo tenevo stretto. Lo stringevo, temevo mi avrebbe scostata per tornare alle sue mansioni, come Grigg era stato costretto a fare. Così tante persone dipendevano dai miei compagni. E io cos'ero? Nulla. Una distrazione. Una debole femmina che, adesso, avrebbe venduto la propria anima per poter stare tra le braccia di uno dei suoi compagni. Proprio come stavo facendo ora.

Forse lo avevo fatto, avevo venduto la mia anima. Non ero stata abbinata perché volessi dei compagni. Ero stata abbinata perché ero una spia. Lo ero da anni. Ma, mentre mi stringevo a Rav, capii che avevo davvero perduto la mia anima da qualche parte lungo la via. Non avevo niente e nessuno nella mia vita.

Ero sposata al mio lavoro, incapace di fidarmi, non volendo rischiare di essere ferita. Ma ora, ora avevo Grigg e Rav, e Rav era così piacevole e solido e reale. Infinitamente meglio del freddo conforto che mi dava il governo degli Stati Uniti.

"Quante volte hai dovuto sopportare tutto questo? Succede spesso?"

"Guardare un brav'uomo morire?"

"Sì."

"Myntar è il numero duecentosettantré. Ma la maggior parte di quelli catturati dallo Sciame non vengono mai salvati. Finiamo coll'affrontarli sul campo di battaglia, non qui, nella stazione medica." Rav brontolava, e la mia mente vacillò – teneva il conto? Ogni vita era così preziosa che non si permetteva di dimenticare? "E non sono affatto contento che tu abbia dovuto assistere a tutto questo, anche se è una volta sola."

Sospirai e inalai il suo profumo. "Lo so. Mi dispiace. Sono così testarda... mi dispiace. Non sono nessuno, Rav. Così tanta gente ha bisogno di te, di te e di Grigg. Non dovrei essere qui. Sono solo una distrazione. Una scocciatura di cui non hai bisogno. Dio, mi dispiace. Per tutto."

Rav sollevò la mano sul mio collo, il suo palmo gigante sotto la mia mascella sollevò gentilmente il mio viso verso il suo. "Non ti scusare mai più. Sei perfetta. Amo il tuo fuoco, la tua mente sveglia. Ho bisogno di te, compagna. Grigg ha bisogno di te. Prima di te, eravamo entrambi persi."

Loro erano persi? Questa sì che era bella. Loro avevano uno scopo.

"No, Rav. Voi siete forti, ci sono così tante responsabilità sulle vostre spalle. Non avete bisogno di me che vi distraggo. Sono stata un'idiota. Tutto quel che ho fatto è stato peggiorare le cose, renderle più complicate, per tutti e due voi."

Le sue labbra si abbassarono sulle mie e si fermarono in una carezza dolce, più riverente che sessuale. La sua bocca era soffice e calda, era gentile. Le lacrime mi salirono agli occhi

mentre la sua devozione totale, la sua adorazione e il suo disperato bisogno di essere amato mi riempivano attraverso la nostra
connessione. Era addolorato a causa della morta di Myntar, ma
non lo mostrava. Io avevo il lusso del collare che mi rendeva
conscia del suo dolore, del suo bisogno nei miei confronti. Ero
io a calmarlo, ad amarlo.

"Conrav." Sussurrai il suo nome, sollevai le mani per
seppellire le dita tra i suoi capelli mentre lo tiravo verso di me,
tiravo il suo viso contro il mio collo, coccolandolo. Sentivo che
ne aveva bisogno, il mio enorme compagno guerriero. Aveva
bisogno di me. Non aveva pronunciato quelle parole semplicemente per confortarmi o per convincermi a restare.

Lo strinsi forte a me, facendo correre le dita tra i suoi
capelli, ancora e ancora, in un gesto rassicurante, amandolo al
meglio delle mie possibilità. I suoi pallidi capelli dorati erano
come sottili fili di seta tra le mie dita. "I tuoi capelli sono così
soffici."

Quello lo fece ridacchiare. Le sue mani gentili scivolavano
su e giù lungo la mia spina dorsale con un movimento confor-
tate. "Ho bisogno di te, Amanda. Abbiamo bisogno di te
entrambi. Nessuno di noi due è bravo a esprimere i propri
sentimenti a parole. Quindi siano grati agli dei per i collari." Mi
baciò. "Sì, amo scoparti, amo il tuo corpo, la tua fica bagnata, i
suoni che emetti quando ti amiamo, ma c'è molto di più di
questo. Ho bisogno di te così, soffice e gentile. Ho bisogno di
sentire il tuo amore attorno a me, che conforta i fuochi rabbiosi
della mia anima. Che mi cura, anche quando non sono davvero
ferito. Ho bisogno di stringerti e tenerti con me, così. Anche
Grigg ne ha bisogno, anche più di me. La sua furia è come un
vulcano. Abbiamo bisogno di te. Oh, dei, ti prego, Amanda.
Non puoi lasciarci."

Non avevo mai considerato di restare per sempre, anche
quando sapevo che non potevo tornare a casa. Non mi era
entrata nella testa l'idea di dedicarmi ai miei compagni, di

sceglierli. Ma mi avevano dato tutto quel che avevo richiesto, tutto quello di cui avevo bisogno per essere libera, per fare la mia scelta. Per anni, la mia vita era stata il mio lavoro, nient'altro che il mio lavoro. Non avevo altre opzioni. Ma ora, la scelta era chiara. E, in quel momento, sapevo senza ombra di dubbio quale sarebbe stata la mia scelta.

"Non andrò da nessuna parte. Sei mio, Rav. Tu e Grigg siete miei." Ora che mi ero decisa, la mia voce si fece più forte. Ero sicura. "Ho bisogno di contattare la Terra, dire loro quel che ho visto. Devono sapere la verità."

"Non ti ascolteranno." Rav sollevò la testa dalla mia spalla e mi guardò negli occhi. "Abbiamo provato a dirglielo. Gli abbiamo mostrato i cadaveri dei guerrieri come Myntar, le immagini delle battaglie, dei ricognitori dello Sciame, le loro Unità Integrative. Tutto quanto."

Mi irrigidii, la rabbia mi montò dentro. "Voi cosa?" Non mi avevano detto niente di tutto ciò. Cadaveri? Video delle installazioni dello Sciame, dei soldati dello Sciame mentre combattono.

"Abbiamo fornito loro tutte le prove di cui avevano bisogno. Non vogliono ascoltare."

Anche se non volevo credergli, sapevo che stava dicendo la verità. Non avevo bisogno di percepire la certezza attraverso il collare per dovergli credere. "Se avevano le prove, perché mi hanno spedita qui? Che cosa vogliono?"

Rav mi piazzò un bacio gentile sulle labbra, e il suo sguardo era scuro." Non lo so, compagna. Dimmelo tu."

Oh, lo sapevo, io. Armi. Volevano le armi. La tecnologia. Qualunque cosa avesse potuto aiutarli nella battaglia per il dominio del nostro piccolo pianeta blu. La mia presenza qui non riguardava la Coalizione o l'arrivo degli uomini dello spazio. Riguardava solamente le futili guerre sulla Terra, l'infinita lotta per il potere.

Dopo quello che avevo appena visto, la loro lotta ossessiva

per la supremazia era risibile. Qui fuori c'era così tanto potere, più di quanto gli umani, con il loro inutile combattere, avessero mai compreso. "Quando arriveranno i guerrieri della terra?"

"Presto. Domani."

Cazzo. Non c'era molto tempo. "Voglio incontrarli, parlare con loro. E..." La mia voce si spense mentre considerava cosa avrei dovuto fare per convincere i soldati dalla Terra che la minaccia era reale.

"E...?"

"Voglio che vedano il corpo di Myntar. Voglio che vedano cosa è successo. Hai dei video salvati? Ci sono le telecamere all'interno della stazione medica?"

Rav brontolò e io percepii il disgusto estremo che provava alla sola idea. "Tutto quello che accade sulla nave viene registrato."

Tutto? Cazzo. Non mi avevano detto nemmeno questo. Ma di questo mi sarei preoccupata un altro giorno. "Lascia che glielo mostri, Rav. Conosco questi ragazzi, che tipi sono. Vivono seguendo un solido codice d'onore. La loro lealtà è assoluta. Mi ascolteranno."

"Lo spero. Davvero. Perché se ti guardano storto, e se Grigg li ritiene una minaccia, li ucciderà."

Feci spallucce, sapevo che Rav diceva il vero. La pazienza di Grigg era sul punto di rottura a causa mia, a causa delle stronzate della Terra, a causa delle perdite di quest'oggi. "Non lo faranno."

"Bene. Ma dovresti sapere, amore, che se la Terra fa la stronza con la flotta della Coalizione, perderà."

"La Coalizione Interstellare permetterebbe allo Sciame di farci fuori? Di distruggere la Terra?" L'idea era orribile, ma non potevo sapere quel che i leader di Prime o degli altri pianeti avrebbero potuto decidere nel caso in cui i leader della Terra non avessero tirato le teste fuori dal culo. La Terra era così piccola, e così tanto, tanto lontana.

"No. Li proteggeremo, anche se non le meritano. Ci sono miliardi di innocenti sul tuo pianeta che hanno bisogno di essere protetti."

"E i nostri soldati? Lo sai che i leader della Terra proveranno ancora e ancora ad arraffare le armi. Un pilota umano potrebbe facilmente rubare una navicella. Perché lasciare che vengano? Non capisco."

Rav mi accarezzò la guancia mentre mi spiegava: "Devi capire: siamo lontanissimi da casa tua. Se un umano rubasse una navicella, non uscirebbe vivo da questo sistema solare. La luce della nostra stella impiega migliaia di anni per raggiungerci. Ci sono più di duecentosessanta membri nella coalizione, la maggior parte dei quali si trovano in altri sistemi solari. La Flotta protegge migliaia di miliari di esseri viventi, centinaia di mondi separati da distanze siderali. Viviamo e combattiamo e moriamo e non lasciamo quasi mai il nostro settore. Siamo una vasta rete sparsa su distanze inimmaginabili, connessa solo dalla nostra tecnologia di trasporto."

"E allora, io qui come ci sono arrivata?"

"Il nostro sistema di trasporto utilizza i pozzi gravitazionali attorno alle stelle e ai buchi neri per accelerare il viaggio e le comunicazioni. Tu hai viaggiato fin qui sotto forma di raggio di pura energia accelerato a velocità che non puoi comprendere. Le nostre stazioni di trasporto e di comunicazione sono sicurissime, controllate da interi battaglioni di guerrieri. Le tue ingenue spie umane non potrebbero irrompere nel nostro sistema solare nemmeno se li facessero entrare per la porta e li incatenassero ai controlli. Le rampe di trasporto sono controllate da scanner vitali e neurostimolatori impiantati direttamente nei cervelli dei nostri tecnici. In nessun modo la tua gente potrebbe superare la nostra sicurezza. Persino lo Sciame non ci è riuscito, e la loro razza è ben più avanzata degli umani sulla Terra."

"Quindi non c'è proprio niente che la Terra possa fare per

mandare indietro qualcosa senza permesso, nemmeno un semplice messaggio?"

"No, niente. Ma la tua Terra non è il primo mondo che mette in dubbio le nostre intenzioni. I tuoi leader cambieranno idea, alla fine. Lo fanno sempre." Rav mi baciò di nuovo e io mi sciolsi tra le sue braccia, il nostro abbraccio era confortante e affettuoso, non da sesso selvaggio, anche se Rav se la cavava piuttosto bene anche con quello.

"Ti amo, Amanda. Qualunque cosa accada, voglio che tu lo sappia."

Restai senza parole. Lo strinsi a me a lungo. Eravamo entrambi persi nei nostri pensieri, la connessione tra di noi era aperta e inondata dalla tenerezza, dall'amore, e io mi permettevo di credere che l'avrei potuto tenere con me; mentre io mi permettevo, in modo assoluto, folle, senza alcun freno, di innamorarmi di lui.

14

Grigg

LA MENSA ERA piena e la folla di gente che si era fermata per salutare Amanda cominciava a darmi sui nervi. I primi soldati dalla Terra sarebbero arrivati in meno di un'ora e la mia bellissima compagna dal cuore tenero mi aveva in qualche modo convinto a non ucciderli.

"Lady Zakar, Comandante, dottore." Il Capitano Trist si alzò dall'altro lato del tavolo e fece un profondo inchino, il suo vassoio era vuoto. "Devo fare rapporto al ponte di comando."

"Capitano." Inclinai la testa mentre si congedava. Mangiavo spesso qui ma, prima dell'arrivo di Amanda, la maggior parte della gente annuiva semplicemente e mi sfilava di fianco in silenzio. Oggi mi sentivo come al centro di un evento mondano.

Volevano tutti incontrare la nostra compagna, salutarla, offrirle le loro congratulazioni. Amanda li accoglieva tutti come se nulla fosse, seduta con me alla sua destra e Rav alla sua sinistra. Nessuno si avvicinava abbastanza per toccarla. Ero ancora troppo alterato a causa degli eventi del giorno prima per perderla d'occhio, per permettere che Rav lo facesse.

Li avevo sentiti avvicinarsi, confortarsi l'un l'altro, la pacifica ondata di emozioni mi confortavano anche se ero lontano sul ponte di comando da cui avevo inviato più di cento piloti in battaglia. Ne avevamo persi una dozzina, ma l'incursione dello Sciame era stata respinta.

La guerra continuava. Ancora e ancora, cazzo. Combattevo da quando ero ragazzo, mio padre mi trascinava con lui sul ponte di comando quando ero solo un bambino e m'insegnava la strategia. Mi insegnava come inferire un colpo mortale, come uccidere senza pietà. Erano vent'anni che combattevo e pagavo il prezzo per ogni morte. Ero malconcio, consumato.

Prima di Amanda, mi costringevo a combattere per il dovere, per l'onore. Ma ora? Ora combattevo per lei e la mia determinazione a respingere le forze dello Sciame, di proteggere lei e tutta la mia gente, mi pesava come una montagna sul petto, immobile e senza pietà. Per lei – avrei potuto combattere per sempre.

Spingeva il cibo sul piatto, un'espressione di disgusto sul suo viso bellissimo. Mi resi conto che non avevo pensato a cosa piacesse mangiare alla gente della Terra.

"Mi spiace, Amanda. Avrei dovuto ordinare dei piatti dalla Terra per i programmatori della S-Gen. Rimedierò immediatamente."

Poggiò la testa sulla mia spalla, toccandomi con un conforto e una familiarità che subito bramai. "Va tutto bene, Grigg. Hai avuto cose più importanti a cui pensare delle mie papille gustative."

"No, amore mio. Non è vero. Tu sei l'unica cosa che conta per me." E lo intendevo per davvero. Se l'avessi perduta, non avrei avuto alcun motivo per continuare a combattere. Sarei stato finito.

I suoi occhi si spalancarono quando non riuscii a trattenere le mie emozioni, ma avevo smesso di nasconderle la ferocia della mia devozione, del mio bisogno. Rav si mosse sul suo sedile, ero sicuro che anche lui lo percepiva: il legame forgiato dai nostri collari era al tempo stesso una benedizione e una maledizione. Gli lanciai un'occhiataccia, sfidandolo a dire anche una sola parola.

E, ovviamente, parlò.

"Te l'avevo detto, amore."

Lei sorrise, e il suo sorriso si tramutò in una breve risata. "Sì, è vero."

Le afferrai il viso tra le mani e la baciai. Due volte. Di fronte a tutti quanti, e un silenzio innaturale cadde sulla sala. "Che cosa ti ha detto?" sussurrai.

Il sorriso segreto di Amanda era tutto misteriosità femminile, e io desideravo gettarla sul tavolo e cacciarle fuori la verità a suon di scopate.

Oh, dei, dovevo controllarmi. Ma sapevo che non sarei stato in grado di tenere a bada la mia natura autoritaria, non fino quando lei non sarebbe stata nostra per sempre, fino a quando la cerimonia di rivendicazione non si sarebbe conclusa e il suo collare fosse diventato d'uno scuro blu notte.

Rav mi trasse d'impaccio e m'impedì di fare la figura dello scemo in mezzo alla sala mensa. "Le ho detto che sei patetico, uno straccio bisognoso."

Pensai di rinnegare le sue parole, ma il soffice luccichio che c'era negli occhi di Amanda, la totale accettazione che scorsi nel suo sguardo, mi bloccarono. Lei lo sapeva. Sapeva quella cazzo di verità. "Sì, lo sono."

Ammetterlo non mi rendeva debole. Non mi faceva diventare quel che mio padre mi diceva sarei diventato. Invece, mi rafforzava. Perché sapevo che Amanda e Rav sarebbero stati lì per me, a supportarmi, a incoraggiarmi. Ad amarmi. Non importa quali difficoltà avremmo dovuto affrontare.

Quella confessione mi fece guadagnare un altro sorriso e un sospiro che mi fece sentire come se avessi appena conquistato l'intero Sciame. La baciai ancora, tirandomela tanto vicino quanto osavo fare in un luogo pubblico. Quando la lasciai andare, mi sorrise e si voltò verso Rav, lo baciò e gli fece capire quanto importante fosse lui per lei.

Radiante di felicità, Amanda mandò giù un altro boccone dei nutrienti cubi proteici. I suoi occhi passavano in rassegna la folla che d'improvviso aveva trovato di meglio da fare, qualcos'altro da guardare. Ma si *sentiva* che la stanza era più leggera, calma, felice.

Ma forse ero io.

Amanda sussultò e saltò in piedi. Subito mi alzai, Rav fu una frazione di secondo più lento. Entrambi eravamo pronti a distruggere qualsiasi cosa l'avesse spaventata. Ma non era il panico che fluiva nel mio collare, era il dispiacere.

Confuso, guardai verso la mia compagna mentre mi poggiava una mano sul braccio prima di andare via, verso una coppia con un bimbo piccolo che era appena entrata nella sala.

Calò il silenzio mentre la mia compagna si avvicinava al Capitano Myntar e alla sua compagna. Tutti stavano a guardare, in attesa di vedere cosa avrebbe fatto Amanda.

Non disse una parola, ma per meno di un secondo il suo sguardo si bloccò su quello della ben più grande femmina Prillon prima che Mara si sporgesse in avanti, collassando con ampi singhiozzi tra le braccia stese di Amanda.

Come se fosse crollata una diga, tutti quanti nella sala mensa si alzarono e circondarono Myntar e la sua compagna e il loro bambino, offrendo supporto e porgendo le loro condoglianze. La mia piccola compagna umana si trovava al centro della piccola folla, cementando la mia gente in un'unità familiare più salda di quanto non fosse mai stata.

"Oh, dei, mi ucciderà con quel suo cazzo di cuoricino tenero." Rav si stava massaggiando il petto, provando ad alleviare il dolore lancinante che sapevo stava provando, perché il dolore di Amanda era il nostro dolore, e lei era veramente addolorata per Mara e Myntar e il piccolo Lan.

"Prima di lei, noi non avevamo un cuore," dissi.

"Sono d'accordo." Rav si contorse e girò la testa al di sopra delle sue spalle, facendo scrocchiare la schiena per alleviare la tensione. "Devo andare all'unità medica e preparare il corpo." Si voltò verso di me. "Sei certo di volerlo fare?"

"Sì. E anche lei."

Rav annuì, mi passò dietro e mi diede una pacca sulle spalle. "Andiamo."

Lo seguii e mi misi di fianco a lui aspettando con pazienza che la folla si disperdesse così da poter raggiungere la piccola famigliola al centro.

"Mi dispiace, amici." Diedi una pacca sulle spalle del capitano e mi inchinai verso Lady Myntar mentre Rav mi veniva vicino, il dolore chiaramente inciso sul suo viso. Aveva parlato con la coppia la notte precedente e aveva spiegato loro cosa fosse successo esattamente. Rav era tornato nei nostri alloggi che sembrava uno straccio, e subito era strisciato tra le braccia di Amanda.

Mara lasciò andare la mia compagna e si asciugò le lacrime dagli occhi per guardarci. "Sappiamo che non c'era niente da fare, ma grazie a tutti." Guardò tutte le facce che aveva attorno e le offrivano supporto, guidate dalla loro nuova Lady Zakar, il nuovo cuore del nostro battaglione. "Grazie. Sono fiera di essere una sposa Prillon." Il suo sguardo si spostò su Amanda e continuò: "E sono lieta di poterti chiamare amica."

Amanda le strinse la mano un'ultima volta e venne verso di noi, i suoi compagni che l'aspettavano; e io capii che l'avrei sempre aspettata, l'avrei sempre protetta, l'avrei sempre amata. Le presi la mano e seguimmo Rav fuori dalla sala, e ringraziai gli dei per i protocolli di abbinamento che me l'avevano portata, il mio perfetto abbinamento, la mia compagna.

Amanda

ASPETTAI in silenzio di fronte alla sala che, come Grigg mi aveva spiegato, di solito veniva usata per le riunioni degli stormi prima di una missione. Dodici lunghi tavoli, con tre sedie dietro ognuno a mo' di classe, erano diretti verso la parte anteriore della sala, dove un enorme schermo per le comunicazioni era incastonato nel muro.

Quando fui pronta, tutto quel che dovetti fare fu di chiedere di essere collegata a Robert e ad Allen giù sulla Terra. Non avevo idea di come funzionassero le loro comunicazioni, di come attraversassero tali vasti spazi, né m'importava. Tutto quello che sapevo era che potevo parlare con loro in tempo reale e che avevo l'opportunità di farli ragionare.

Avevo avvertito Grigg che non mi avrebbero ascoltata, che la loro attenzione era tutta per la Terra e i suoi battibecchi, così mi aveva suggerita di mettermi in contatto con i team di Reclutamento Planetario della Coalizione e spiegare loro i sotterfugi della Terra. Quella mattina, seduta vicino a Grigg, partecipai alla mia prima teleconferenza nello spazio profondo e spiegai i timori e i dubbi della gente per cui lavoravo a un consiglio di razze miste e strani esseri che potevo a malapena comprendere. Mi avevano ascoltata con attenzione, lontani anni luce, ed erano in attesa di ordini prima di sollevare dall'incarico i ben più diplomatici rappresentanti della Coalizione che adesso provavano invano a trattare con i leader testardi della Terra.

Dissi loro tutto quel che sapevo, fidandomi di Grigg e di questi estranei che tenevano il destino dell'umanità nel palmo della mano. Nel caso in cui avessi nuovi dubbi, tutto quel che avrei dovuto fare era di richiamare alla mente la carne di Myntar che ribolliva, le sue grida di dolore mentre gli impianti dello Sciame lo uccidevano. Quando pensai a tutti gli innocenti cittadini della Terra, drizzai la schiena e allargai le spalle. Dovevo proteggere il mio popolo, anche se non poteva capire quel che stavo facendo.

La porta si aprì ed entrò Grigg, Rav direttamente dietro di lui. Andai immediatamente dai miei compagni, grata mentre le loro braccia mi cingevano, stringendomi così forte che mi sentii amata e al sicuro, più forte ora che loro erano con me.

"Sono arrivati?" chiesi.

Grigg sospirò. "Sì. Adesso li stanno sottoponendo alle procedure solite. Quando li porteranno nell'unità medica, saranno tutti tuoi."

"Quanto tempo ci vorrà?"

"Circa venti minuti. Non li stiamo esaminando completamente, vogliamo solo essere certi che siano abbastanza in salute da sopravvivere al viaggio di ritorno."

Grigg mi aveva assicurato che il trasportatore era pronto a rimandarli indietro. Mi concedeva di incontrarli, ma si rifiutava di farli restare. Avrebbero appreso la verità, visto il corpo di Myntar, la registrazione della sua morte, e poi sarebbero tornati a casa per fare rapporto riguardo a quanto avevano visto. Avrebbero reso un servizio migliore alla Coalizione svolgendo quest'unico compito piuttosto che combattendo contro lo Sciame in due anni di servizio.

Annuii e mi staccai dalle loro braccia. Mi asciugai le mani sudaticce sui fianchi della mia uniforme blu scuro, fiera di indossare i colori della famiglia, e ancor più fiera del nuovo stemma sulla mia spalla sinistra. Grigg mi aveva ufficialmente nominata Lady Zakar, e aveva aggiornato i sistemi della nave per permettermi l'accesso a tutto, inclusi i sistemi della nave, le armi, le storie, le informazioni mediche. Tutto quel di cui avrei potuto aver bisogno per tradirlo. La sua fiducia in me, in *noi*, era notevole. Aveva fatto tutto questo, e poi mi aveva baciata senza motivo. Adesso potevo dare gli ordini a chiunque all'interno del battaglione, a chiunque tranne che a lui.

Il che per me andava bene. I suoi modi autoritari mi facevano fremere in anticipo, perché non appena tutto questo fosse finito, non appena i terrestri avrebbero imparato la verità e fossero stati rimandati indietro, avremmo completato la cerimonia di accoppiamento. Avevo detto loro che ero pronta, che anche se ci comunicavamo il nostro amore, e lo sentivamo attraverso i collari, la cerimonia di accoppiamento l'avrebbe reso ufficiale. Volevo che il mio collare fosse del colore dei loro. Volevo appartenere a loro per sempre, così come i miei compagni sarebbero appartenuti a me.

"Sbrighiamo questa cosa, così posso reclamarvi." Ricordai loro di proposito quel che sarebbe accaduto e fui ricompensata con un'ondata di calore attraverso il collare. Entrambi gli uomini mi lanciarono uno sguardo caloroso, uno sguardo che era una promessa del loro stesso bisogno di finalizzare la loro rivendicazione.

"Comandante Zakar?" La voce dell'ufficiale delle comunicazioni riempì la stanza.

"Sì?"

"Il Generale Zakar richiede di parlarle, signore."

Grigg sospirò, alzò la mano per massaggiarsi la nuca e gli occhi di Rav si strinsero irritati. Curiosa, ero contenta che Grigg avesse dato l'ordine di passare suo padre attraverso lo schermo di questa stanza.

"Comandante?"

"Sì, Generale?" Grigg fece un passo avanti verso il centro della stanza così che suo padre potesse facilmente vederlo mentre io studiavo il vecchio guerriero Prillon sullo schermo. I suoi lineamenti erano simili quelli di Grigg, ma il colorito del generale era ben più scuro, la sua pelle di un oro brunito che sembrava rame, i suoi capelli scuri erano d'una sfumatura di arancione scuro. Riconobbi l'uniforme che indossava, l'armatura di un guerriero, ma non era nera, bensì della stessa tonalità di blu della mia, il blu Zakar.

"Come hai osato tenermi nascosta la tua compagna? L'ho dovuto sapere dallo staff medico."

La mascella di Grigg si irrigidì e sentii la tensione arrivare a ondate, la rabbia. "La mia compagna non è mai stata un segreto, Padre, semplicemente non pensavo t'importasse."

Il generale si sporse in avanti, strizzando gli occhi per guardarmi meglio mentre me ne stavo in piedi in fondo alla stanza. Guardai Rav, che fece spallucce e mi parlò a bassa voce così da non farsi sentire dai monitor. "Fatti avanti, se vuoi, ma è uno stronzo."

Bastò quello. Non avrei lasciato il mio Grigg da solo. Non più. Mi feci avanti, a testa alta, e infilai la mia mano in quella ben più grande di Grigg. Il generale mi ispezionò e io lo guardai di rimando. Non era niente per me e se faceva del male al mio compagno, era il mio nemico. Eppure, era pur sempre mio suocero. La buona educazione mi costringeva ad essere cordiale. "Generale. È un piacere conoscerla."

Si prese del tempo per guardarmi, come se stesse ispezionando una puledra per il suo prezioso stallone. "Andrà bene, sebbene speravo tu potessi scegliere una compagna Prillon."

"Siamo stati abbinati attraverso il Programma Spose. Sono certo che tu sia a conoscenza del loro grado di successo. Questo dovrebbe bastare a soddisfarti. Per me, lei è la mia compagna. Non ne vorrei un'altra."

Suo padre incrociò le braccia emettendo un suono di disapprovazione e si accigliò. "Bene, Comandante. Scopati pure chi ti pare. Non mi interessa. Almeno finché non mette al mondo dei figli. Mi farò trasportare immediatamente per la cerimonia di rivendicazione."

Rav ringhiò dietro di me.

Uhm, sì. No. Per niente al mondo avrei permesso a mio

suocero di assistere alla cerimonia di rivendicazione. Che schifo. Da brividi.

Il generale era sordo alle proteste di Grigg, che era sempre più furibondo. Con gentilezza, con troppa gentilezza, fece un passo in avanti e col braccio mi spostò dietro di lui, al di fuori della vista di suo padre. "No."

"Che cosa hai detto?"

Tutto il corpo di Grigg si fece teso per la rabbia e io rimasi lì dove mi voleva, felice di appoggiarmi contro di lui, di premere la fronte contro il centro della sua schiena così da fargli sapere che ero lì, che ero con lui. "Ho detto no, Padre. Basta."

Udii un fruscio e sentii che Rav si avvicinava mettendosi di fianco a Grigg, appoggiando la decisione di Grigg di dire di no a suo padre.

"Che cosa stai dicendo? Basta? A che cazzo di gioco stai giocando, ragazzo?"

Mi aspettavo che Grigg esplodesse di rabbia, e fui scioccata quando accadde l'esatto opposto. Era come se tutta la rabbia fosse scivolata via, lasciandolo calmo e rilassato. "Amanda è la mia compagna e non la sottoporrò alla tua presenza. Io non sono tuo figlio, e non sei il benvenuto qui sulla nave. Se in futuro avrai bisogno di comunicare con me, potrai mandarmi un messaggio attraverso il mio ufficiale delle comunicazioni. Non desidero parlarti mai più."

Il generale si infuriò, ma Grigg semplicemente fece un passo avanti e posò il palmo della mano sul piccolo quadro comandi. La stanza si fece silenziosa, grazie al cielo.

Lo seguii, avvinghiandogli il braccio attorno alla vita mentre il senso di soddisfazione di Rav si mischiava alla rassegnazione di Grigg. "Era ora, cazzo."

"Sì." Le mani di Grigg si posarono sulle mie che gli stringevano l'addome. Non capivo del tutto cosa fosse successo, ma, basandomi sulle reazioni dei miei compagni, era una cosa buona, e la stavano aspettando da tempo.

Volevo fare delle domande, ma il suono di alcuni uomini che parlavano – in inglese! - mi giunse alle orecchie. Lasciai la presa sui miei compagni per combattere i miei di demoni.

Come avevamo pianificato, entrai nella stanza posizionandomi là dove tutti i soldati appena giunti dalla Terra avrebbero potuto vedermi. Entrarono e si sedettero ai tavoli, i loro occhi erano scuri, le loro espressioni arcigne. Proprio come mi aspettavo. Erano Seal e Ranger, talpe e assassini. Ma, dallo sguardo attento che c'era su più d'un volto, capii che il corpo maciullato di Myntar non era quel che si aspettavano di vedere durante la loro prima ora nello spazio.

Benvenuti in prima linea, ragazzi.

Grigg e Rav si mossero verso la parete anteriore e si posizionarono ai lati dello schermo gigante offrendomi il loro supporto silenzioso. Lo lasciavano fare a me, grazie a Dio, perché l'idea che Grigg aveva della diplomazia era di torturare ognuno di loro per ottenere delle informazioni prima di rispedirli tutti quanti sulla Terra dentro delle bare.

Mi ci era voluta più di mezz'ora per convincerlo, ma quel che diceva aveva senso. La Terra ora faceva parte della Coalizione Interstellare, ed eravamo o dentro o fuori. Non c'era una via di mezzo, non quando la minaccia dello Sciame incombeva su di noi.

Quando tutti furono seduti e la porta si chiuse, mi voltai verso di loro, e vedere così tante facce umane sembrò strambo. Sembravano... degli alieni.

"Signori, suppongo abbiate delle domande."

Spesi l'ora successiva informandoli su chi fossi, per chi lavorassi, la missione alla quale ero stata assegnata, e tutto quello che avevo imparato da quando ero arrivata qui. Avevano guardato la registrazione della morte di Myntar, avevano visto il suo corpo, guardato i replay di diverse battaglie, ed erano stati mostrati loro i video e le statistiche sui movimenti dello

Sciame, i dati, e da quanto questa guerra andava avanti... da più d'un migliaio di anni.

Quando ebbi finito, guardai ogni uomo negli occhi e sostenni il loro sguardo. "So per certo che almeno due di voi sono stati mandati per lo stesso motivo per cui io sono stata mandata qui, sotto gli ordini diretti del Direttore, per raccogliere informazioni e mettere le vostre mani su qualunque arma, tecnologia, o informazione che l'agenzia possa trovare utile." Mi sporsi in avanti, poggiai le mani sul tavolo, e tamburellai col piede. "Ma ora, come me, anche voi sapete la verità. Avete visto la minaccia con i vostri stessi occhi. Dunque, vi fate avanti o no?"

Quando la stanza si fece silenziosa, come mi aspettavo, annuii a Grigg per fargli sapere che ero pronta. Ordinò ai tecnici di aprire la comunicazione. Dietro di me lo schermo si accese con una scena che proveniva da casa: Robert e Allen sedevano attorno a un tavolino rotondo assieme a un uomo che riconobbi essere il Segretario della Difesa.

$\mathcal{A}$ manda

Mi voltai verso di loro: "Signori."

"Signorina Bryant, che cosa vuol dire tutto ciò? È un'ora che aspettiamo. Perché ci ha contattato? Ci aspettavamo di parlare con un ufficiale del battaglione Zakar."

Resistetti a fatica all'urgenza di alzare gli occhi al cielo. Non si addice a una signora, ma la falsa preoccupazione di Robert, il suo tentativo di fingersi un ufficiale confuso e spaesato, mi irritava tantissimo. Per anni avevo creduto a ogni sua parola, ma ora riuscivo a vederlo per quel che era veramente. Un burocrate egoista che avrebbe fatto qualsiasi cosa per un guadagno personale o professionale.

"Io sono Lady Zakar, del Battaglione Zakar, una fiera sposa guerriera di Prillon Prime. E... Robert? Non lavoro più per te." Spalancai il braccio tracciando un arco per indicare gli uomini dietro di me. "Questi uomini conoscono la verità, signori, e ritorneranno a casa col primo trasporto. Hanno visto i corpi, quel che lo Sciame è in grado di fare, e l'ho visto anche io."

Robert tremava, ma fu il Segretario della Difesa a zittirlo, il suo sguardo serio, da uomo d'affari. "Qual è lo scopo di questa chiamata?"

Volevo dargli un pugno in faccia per essere così dannatamente testardo, così stupido, cazzo. Ma lo capivo. Era un uomo che provava a fare il proprio lavoro, un uomo che aveva speso decenni difendendo il proprio paese, e quello era un pozzo profondissimo, e quello era un modo di pensare difficile da sradicare. La Terra era il suo unico problema. Non lo spazio. Almeno fino ad ora.

"Signor Segretario, sono stata inviata in quanto prima sposa per accettarmi dell'estensione della minaccia dello Sciame, e per scoprire la forza della Flotta della Coalizione Interstellare, e se le sue intenzioni fossero di conquistare o proteggere il nostro pianeta."

"E cosa ha scoperto?"

"La minaccia dello Sciame è più che reale, e per noi sarebbe impossibile sopravvivere. Senza la protezione della Coalizione, assisteremo al completo annientamento della razza umana nel giro di pochi mesi."

"E questo lei lo sa per certo."

Annuii. "Sì, signore. Lo so per certo."

La mia convinzione lo stupì. Guardai gli ingranaggi dentro la sua testa lavorare all'impazzata dietro la superficie riflettente dei suoi occhiali mentre considerava la veridicità delle mie parole, e tutte le implicazioni. Ma non avevo ancora finito con lui.

"Quel che vorrei sapere, Signore, è come diamine facciate ad essere così testardi e a decidere di mandarmi in missione quando l'unica cosa che dovreste fare è reclutare e addestrare soldati per salvare il nostro pianeta."

"Abbiamo l'esercito più forte del mondo –"

Lo interruppi prima che potesse spiattellarmi la solita propaganda. "Sì, del mondo. Sulla Terra. Non siete più in Kansas. So che la Coalizione vi ha mostrato i cadaveri contaminati, le registrazioni delle battaglie, le informazioni sui sistemi e il territorio dello Sciame. Ma, dal momento che non avete risposto con onestà alle richieste della Coalizione, e non volete cooperare, ho contattato il team di Reclutamento Planetario. Arriveranno sulla terra tra tre giorni per raddrizzarvi."

Le guance del Segretario della Difesa si fecero rosse e io capii che veramente non sapeva di cosa stessi parlando. Le sue parole successive confermarono i miei sospetti. "Che cadaveri?"

Sollevai un sopracciglio. "Chieda ad Allen."

Allen, quel viscido, sbatté il palmo della mano sul tavolo che aveva di fronte. "Cazzo! Che cosa stai facendo?"

Sorrisi, e sperai che ciò potesse dimostrare il mio disgusto nei confronti dei suoi modi futili e miopi. "Ti sto salvando da te stesso. La tua squadra da combattimento sarà pronta per il trasporto in tre ore. E il prossimo mucchio di soldati che ci manderai sarà formato da soldati onorevoli, e non da spie."

Feci un cenno della mano e l'ufficiale delle comunicazioni interruppe la trasmissione.

Lo schermo si fece nero e io presi un respiro profondo, e il sollievo e la soddisfazione mi allentarono la tensione negli arti. I miei compagni se ne stavano ai due lati dello schermo come angeli custodi, erano lì per supportarmi, amarmi, fidarsi di me nel fare quel che bisognava fare, nel dire quel che era necessario dire per convincere la gente della Terra a combattere sul serio.

I miei compagni. Avevo preso la mia decisione e avevo scelto i miei uomini. Il mio futuro era qui. Ero una cittadina di Prillon Prime, un membro del clan Zakar. Grigg e Rav? Erano miei. E non li avrei abbandonati.

Mi voltai per guardare i soldati umani, ancora seduti nella stanza. Sulle loro facce c'era un misto di rabbia, rassegnazione, confusione. Sapevo esattamente quel che stavano passando. Stavano provando a fare i conti con il fatto che erano stati usati e ingannati. E, come me, erano leali, servi onorevoli che credevano per davvero di star facendo la cosa giusta. Ci sarebbe voluto del tempo per digerire la verità che gli avevamo mostrato nelle ultime ore.

"Signori, quando vedete Allen, qualcuno di voi potrebbe per favore dargli un pugno in faccia da parte mia?"

Un omaccione vicino alla porta sogghignò alla mia richiesta. "Consideralo fatto."

"Grazie. Ora, tutti voi, fuori di qui. Andate a casa e dite a tutti la verità."

––––––

C*INQUE ORE DOPO...*

Conrav

A*VEVO* il cazzo duro da così a lungo che mi faceva male, eppure Grigg aveva rinviato la nostra cerimonia di rivendicazione, rifiutandosi di ufficiare un rito tanto sacro in mezzo a traditori e spie.

Capivo le emozioni dietro a quella decisione, perché stare lì e ascoltare gli uomini della Terra discutere con Amanda mi aveva fatto venir voglia di andare sulla terra e inculcare un po' di buonsenso e una sana dose di rispetto per la mia compagna nei loro crani duri. Ma Amanda li aveva gestiti con calma, e l'orgoglio che avevo provato rispecchiava quello che provava Grigg.

Adesso era per davvero la nostra Lady Zakar. I racconti della sua compassione per Mara e il suo sprezzo per i leader della terra erano già leggenda. Quelli che ancora dovevano incontrarla inventavano mille scuse per farsi trasportare sulla corazzata, sperando di vederla o di poterle parlare. L'incremento delle richieste di trasporto faceva divertire Grigg ma, come sempre, Grigg aveva una risposta per tutto.

"Annunceremo delle formali cerimonie di benvenuto a bordo di ogni nave. Se l'equipaggio vuole incontrarla, gliela porteremo. La mia corazzata non accoglierà cinquemila maschi curiosi."

Quel che era peggio, nell'ultima mezz'ora il numero di maschi che avevano indicato un interesse nell'essere testimoni della nostra cerimonia era triplicato. Questi numeri erano un segno di rispetto per il nostro accoppiamento, per la legittimità della nostra unione, ma per oggi bastava condividere Amanda con il resto del mondo. Adesso, la volevo nuda, bramosa del mio cazzo. Volevo guardare i suoi che fissavano Grigg mentre guidava il nostro amore con mano pesante.

Grigg ed io scortammo Amanda al centro della sala rotonda, tutti e tre eravamo nudi e pronti. Grigg era alla sua destra e io le tenevo gentilmente il braccio sinistro. Quando aveva appreso che c'erano dei testimoni a tutte le cerimonie di rivendicazione, era rimasta a bocca aperta, ma poi aveva accettato la benda e le promesse di Grigg. *"Fidati di me, amore mio. Non ti accorgerai di niente. Solo dei nostri cazzi che ti riempiono."*

Quando raggiungemmo il centro della stanza Grigg la lasciò andare e con un cenno del capo fece cominciare il canto rituale. Le parole provenivano da un antico linguaggio del nostro mondo, e la cadenza suonava strana alle mie orecchie. "Benedici e proteggi," si cantava nella lingua antica.

"Accetti la mia rivendicazione, compagna? Ti concedi liberamente a me e al mio secondo, o desideri scegliere un altro maschio primario?" Grigg si muoveva furtivamente attorno a noi come una bestia a malapena legata, e io tirai la schiena di Amanda spingendomela contro il petto, il mio cazzo duro poggiato tra le crepe del suo culo tondo e florido.

Grigg riusciva a malapena a contenere la lussuria che esplodeva attraverso i collari, amplificando il mio stesso bisogno di ficcare tutto il mio cazzo dentro di lei. Ringhiai mentre l'odore muschiato della sua eccitazione sorgeva come una nuvola di dolce profumo.

"Vi accetto. Non voglio nessun altro." La sua voce era ansimante, i suoi seni si alzavano e si abbassavano mentre parlava.

Grigg fece il suo giuramento e io feci il mio, piegandomi in avanti per sussurrare le mie parole vicino al suo collo. "Ucciderò per difenderti o morirò per proteggerti, compagna. Adesso sei mia, per sempre."

Amanda fremette ma restò coraggiosamente tra di noi, aspettando che la rivendicassimo per sempre, il suo corpo bellissimo in bella mostra tramutava la fame che avevo di lei in furia.

Sorrisi a Grigg, ansioso di cominciare, ma aspettai che fosse lui a fare la prima mossa. La sua natura dominante lo teneva imbrigliato e più dominava Amanda, più orgasmi potevamo ottenere dalla sua lussuria, dal suo corpo reattivo. E Grigg giocava in modo generoso, assicurandomi che tutti noi saremmo andati fuori di testa.

"In ginocchio, Amanda. In ginocchio, e allarga le gambe per bene."

———

Grigg

LA MIA COMPAGNA mi si inginocchiò davanti senza discutere o esitare, e io sentii il suo piacere impennare non appena presi il controllo. Era così reattiva, così dolcemente altruista, che avevo fantasticato su una dozzina di possibilità per questo momento. Posizioni. Modi per farla venire.

Ma vederla in ginocchio davanti a me, nuda, bendata, e completamente fiduciosa, mi scatenò dentro una reazione oscura e bisognosa.

"Apri la bocca. Metterò il mio cazzo sul tuo labbro, e tu leccherai la mia pre-eiaculazione. Ti scalderà la lingua, stimolerà il tuo appetito per i nostri cazzi. Mi hai capito?"

"Sì."

Quell'unica sillaba mi fece pulsare il cazzo. Lo afferrai alla base, mettendolo in posizione. Rav si trovava dietro lei, in attesa, e io capii che non sarei stato in grado di condividerla con nessuno, di condividerla con un altro guerriero che fosse tanto autoritario quanto me. Rav era mio, e questo, in qualche modo, placò l'animale primitivo che avevo dentro quando la toccavo.

"Rav, distenditi sulla schiena e scopala con la lingua."

In un attimo, il mio secondo era sotto di lei, la sua testa infilata con facilità tra le gambe aperte di lei. Guardai soddisfatto i fianchi della mia compagna scuotersi alla prima leccata di Rav mentre lei si sedeva su di lui. Sussultò, e grazie alla connessione dei nostri collari seppi che la lingua di Rav era andata a fondo, la scopava così come avevo ordinato, bagnandola e preparandola per il mio cazzo.

Mentre lei gemeva e si dimenava sotto la presa salda di Rav sui suoi fianchi, finalmente posai la testa gocciolante del mio cazzo sul suo labbro rigonfio. "Succhiamelo, Amanda. Scopami con la tua bocca."

Avrei dovuto essere pronto, ma la calda bocca di Amanda mi ingoiò con un unico movimento veloce, la sua lingua lavorava sul mio cazzo con una ruvida voglia che quasi mi faceva venire troppo presto. Troppo presto, cazzo. Le mie palle si ritirarono e il bisogno di venire montò alla base della mia spina dorsale.

Non sarei durato, e ancora non mi ero infilato dentro la sua fica bagnata.

Le afferrai i capelli e, con gentilezza, tirai la sua testa all'indietro liberandomi il cazzo. Non potevo aspettare. Volevo che
tutto questo durasse, che andasse avanti per sempre, ma ora
che ci trovavamo qui volevo solamente che lei fosse mia.

Ora. Adesso, cazzo. Volevo che il suo collare diventasse blu,
il mio seme nella sua pancia, il cazzo del mio secondo nel suo
culo vergine, legandoci l'un l'altro per sempre.

"Rav, fermati."

Amanda gemette protestando. La sollevai dal pavimento,
all'altezza del mio petto, posizionai la sua fica bagnata sopra il
mio cazzo e l'abbassai sopra la mia asta dolorante mentre lei
con le gambe mi si avvinghiava alla vita. L'intensità della sua
reazione, della sensazione del mio cazzo che la riempiva,
aprendola, schizzò dentro di lei e dritto nel mio collare, e il mio
cazzo si gonfiò in risposta. Mi aggrappavo con le unghie.

La sedia della rivendicazione si trovava a tre passi di
distanza e subito vi andai. Presi posto su quella strana sedia
angolata. Il sedile era stato disegnato apposta per scopare,
facendo inclinare le nostre schiena abbastanza per permettere
a Rav di stare in piedi e prenderla da dietro.

Mi sistemai velocemente, afferrai i fianchi di Amanda e la
spinsi verso di me, verso il mio cazzo dolorante, allargandole le
natiche così che Rav potesse conquistarla.

Amanda gemette e quel suono era musica per le mie orecchie. Si sistemò per muoversi sotto la mia stretta, per strusciare
il suo piccole clitoride voglioso contro di me e trovare sollievo.
Ma non poteva averlo, non ancora. Non senza entrambi i suoi
compagni dentro di lei.

"Scopala, Rav. Ora."

———

Amanda

. . .

ERO distesa sul petto duro di Grigg, su una specie di sedia recli-
nata. Col suo cazzo, così grosso, così in profondità, sentivo che
sarei morta se non si fosse mosso. Le mani di Grigg mi afferrarono il sedere e lo spalancarono.

"Scopala, Rav. Ora."

"Sì! Dio, sì! Cazzo, sbrigati. Sbrigati. Sbrigati." Ondeggiai e
spostai i fianchi, provando a premere il clitoride contro gli addo-
minali di acciaio di Grigg, ma me lo impedì, stringendomi così
forte che non potevo muovermi per niente. Potevo solo sentire.

E aspettare.

Dio, l'attesa mi avrebbe uccisa.

"Sta' ferma, Amanda." La voce di Grigg era una profonda
vibrazione gutturale che mi faceva eccitare ancor di più. Mi
faceva disperare. Stringendo i fianchi, mi sollevai sul suo cazzo
solo per ricadervi sopra pesantemente, mugolando di soddisfazione, ignorando i comandi del mio compagno.

"Rav!"

Grigg mi lasciò andare il culo e io celebrai la mia vittoria,
sollevandomi e scopandolo ancora fino a quando il suo palmo
duro non mi finì sul culo sensibile. *Smack!*

"Che cosa ti ho detto, Amanda?"

Che cosa mi aveva detto? Tutto quello a cui potevo pensare
era il suo cazzo. "Non lo so."

"Il tuo piacere è mio. La tua fica è mia. Non muovere la fica,
compagna. Ti ho detto di stare ferma."

"No. No. No." Gemetti, e la mano di Grigg piombò sull'altro
lato con una veloce fitta di dolore.

Il calore mi attraversò tutta e mi fermai, non perché volevo
evitare un'altra sculacciata, ma perché, dopo tanto, Rav mi
toccò.

Mi spalmò il lubrificante attorno al culo, prima con un dito,
infilandolo in profondità facendomi gemere e sospirare, volen-
done sempre di più, volendo che entrambi mi riempissero e mi

scopassero. Le loro dita, i vibratori, avevano funzionato. E ora ero pronta per il cazzo di Rav.

Con pazienza, Rav infilò due dita dentro di me, e poi tre. La sensazione di allargamento per un attimo fu dolorosa, il bruciore un dolore familiare che s'aggiungeva al caos della sensazione che si propagava attraverso il mio corpo, attraverso i collari, attraverso il cazzo di Grigg e il tumultuoso battito di Rav. Sentivo tutto. Avevo bisogno di tutto.

"Ti prego."

Per poco non piansi di sollievo quando sentii la testa gonfia del cazzo di Rav che lentamente premeva in avanti. Le mani di Grigg ritornarono sul mio culo, mi spalancarono le natiche, aprendomi per la possessione di Rav. Sapere che i miei compagni stavano per prendermi, per scoparmi, per riempirmi, in qualche modo mi faceva eccitare ancora di più, mi faceva bagnare, mi avvicinava al climax.

Dio, quando a fondo mi ero spinta per questo sentiero oscuro?

Il pensiero svanì mentre Rav continuava a premere, superando la leggera resistenza dei miei muscoli interni, e poi lentamente mi entrava dentro, riempiendomi completamente.

Ero riempita, riempita da due cazzi, il culo mi bruciava dopo le sculacciate di Grigg, e la mia mente era vuota e in attesa. Appartenevo a loro, ai miei compagni, e avrei dato loro qualunque cosa desiderassero, qualunque cosa di cui avessero avuto bisogno.

Erano miei.

La connessione, il legame attraverso i collari, era intensa. La nostra eccitazione e il nostro piacere erano un cerchio luminoso e feroce, che s'innalzava sempre di più.

"Scopala, Rav, lentamente," ringhiò Grigg.

Rav tirò metà del suo cazzo fuori dal mio culo, poi lo rinfilò tutto dentro. Gemetti, ansimando, così vicina al limite. La sensazione di averli entrambi, dei loro due cazzi, grossi e sensuali, che mi riempivano e mi reclamavano, era troppo.

"Non durerò a lungo."

La confessione di Rav mi eccitò ancora di più e la mia fica si strinse attorno al cazzo di Grigg, facendogli gemere il mio nome.

"Amanda. Oh, dei, ti amo."

Qualcosa di selvaggio e spericolato mi sorse dentro dinanzi a questa confessione disperata, qualcosa di oscuro e bisognoso ed estremamente spavaldo. Mi spinsi contro il petto di Grigg, spingendomi abbastanza in alto per raggiungere i capelli di Rav dietro di me. Lo tirai a me con la mano destra, il suo corpo enorme era avvinghiato attorno alla mia schiena, e lo baciai con i denti e la lingua e con così tanto bisogno che volevo divorarlo, e non volevo lasciarlo andare.

Sotto di me, la mia mano sinistra abbracciava la gola di Grigg, stringendola dolcemente ma forte abbastanza per fare la mia rivendicazione.

Rav ringhiò dentro la mia bocca, i suoi fianchi si mossero un po' più duramente, un po' più velocemente dentro e fuori dal mio culo, spingendomi su Grigg, facendomi impazzire.

Spinsi via Rav e mi voltai verso Grigg, baciandolo con la stessa febbre selvaggia che mi aveva appena posseduta. Seppellii le mani dentro i suoi capelli, i suoi fianchi si sollevano e s'abbassavano come un pistone, scopandomi la fica mente Rav rivendicava il mio culo.

Li cavalcavo come una donna selvaggia, un pensiero nella mia mente era più potente di un oceano di parole.

"Miei."

Divenne la mia litania, il mio canto, mentre entrambi mi scopavano. Tra di loro. Ci legai tutti quanti, feci di noi un tutt'uno. *Miei.* Non sapevo se il pensiero fosse il mio, o di Grigg oppure di Rav. Ma non importò quando le loro grida rauche riempirono la stanza, quando il loro seme mi riempì, quando il calore bruciante del loro seme mi marchiò. Gridai di sollievo, l'essenza legante fu come un tuono lampante che mi colpì il clitoride, il culo, la fica. Mi infransi, presi un respiro, mi persi ancora e ancora, ogni movimento dei loro fianchi bastava a spingermi oltre il limite.

Crollammo l'uno sull'altro, riprendendo fiato, ma gli uomini non uscirono da dentro di me. Rimasero dentro di me, in profondità, grossi e duri. Presto, furono duri di nuovo, i loro cazzi crebbero, allargandomi di nuovo, all'inverosimile, mentre mi scopavano di nuovo, lentamente, il seme versato facilitava loro la via, le loro mani e le loro bocche erano dappertutto, le loro parole d'amore e di adorazione erano un sussurro che affondava dentro di me fino a quando non mi arresi completamente, il mio orgasmo ora fu lento, un'esplosione che saliva a spirale lasciandomi troppo debole per tener su la testa, i miei fianchi tremolanti e inerti.

Il collare bruciava. Mi distesi sul petto di Grigg, Rav ci copriva entrambi. Eravamo senza fiato, intontiti dal piacere.

La mano di Grigg si sollevò per accarezzarmi il mento, sollevandomi la testa per ispezionare il collare. Rav si sporse in avanti per dare un'occhiata.

"Che c'è?" chiesi, la mia voce rauca a causa delle urla di piacere.

"Ora ci appartieni," rispose Rav. "Per sempre."

"Il tuo collare è blu," aggiunse Grigg, così che potessi capire.

Le loro parole mi ridussero in lacrime, e le emozioni che avevo trattenuto vennero tutte a galla. Sollievo. Orgoglio. Gioia. Appartenenza. Famiglia. E amore. L'ultima emozione mi investì, e mi trovai indifesa dinanzi ad essa, una piuma spazzata dal vento. Adesso ero libera, libera di donarmi a loro, di amarli, per sempre.

Attraverso il collare sentivo il loro amore, il loro piacere soddisfatto. Era aperto e libero.

"Vi amo entrambi, tantissimo." Piansi e loro subito mi confortarono, proteggendomi con il loro abbraccio, proteggendomi come dovessi finalmente pagare per lo stress e il caos degli ultimi giorni. Mi lasciai andare e li amai, e sentivo il loro amore che mi ricambiava.

"Miei. Siete entrambi miei." Le parole erano un'accozzaglia confusa, ma i miei compagni mi udirono e semplicemente strinsero il loro abbraccio. Eravamo un tutt'uno, e questo non sarebbe cambiato mai.

***

Leggi Il compagno prescelto **ora!**

Quando una potenziale minaccia costringe Eva Daily a cercare riparo su un altro mondo, per lei c'è solo un'opzione. Offrire sé stessa al Programma Spose Interstellari. Dopo una valutazione intima e sensuale della sua idoneità, Eva sarà assegnata a un compagno e trasportata sul suo mondo per diventarne la sposa. All'arrivo sul pianeta deserto Trion, Eva ben presto scopre che le cose sono piuttosto diverse da quelle a cui era abituata sulla Terra. Un'ispezione personale da parte del suo nuovo compagno lascia Eva rossa dall'imbarazzo, ma con sua grande sorpresa, scopre di essere eccitata come non aveva mai immaginato dal dominio che Tark è in grado di esercitare sul suo corpo. Presto si ritrova nuda, legata e impossibilitata a resistere al bisogno di implorare per averne di più, mentre l'abilità amatoria di lui la porta da un apice di eccitazione all'altro.

Non passa molto prima che Eva capisca che in Tark c'è più che un semplice bruto dominante che non esiterà a mettersi in grembo la sua sposa disobbediente e farle diventare rosso il fondo schiena. Ma proprio quando la sua passione per lui inizia a trasformarsi in amore, gli eventi sulla Terra minacciano di allontanarla per sempre da lui. Riuscirà Eva a trovare un modo per restare al fianco di Tark e nel suo letto o verrà lasciata con nient'altro che i ricordi dell'uomo che aveva posseduto sia il suo cuore che il suo corpo?

Leggi Il compagno prescelto **ora!**

ISCRIVITI ALLA NEWSLETTER

Iscriviti alla mia mailing list per essere il primo a sapere di nuove uscite, libri gratuiti, prezzi speciali e altri omaggi di autori.

http://ksapublishers.com/s/bw

ALTRI LIBRI DI GRACE GOODWIN

Programma Spose Interstellari

Dominata dai suoi amanti

Il compagno prescelto

La compagna dei guerrieri

Rivendicata dai suoi amanti

Tra le braccia dei suoi amanti

Unita alla bestia

Domata dalla bestia

La compagna dei Viken

Il Figlio Segreto

Amata dalla bestia

L'amante dei Viken

Lottando per lei

Programma Spose Interstellari: La Colonia

La schiava dei cyborg

La compagna dei cyborg

Sedotta dal Cyborg

La sua bestia cyborg

ALSO BY GRACE GOODWIN

Her Cyborg Beast

Cyborg Fever

Rogue Cyborg

Cyborg's Secret Baby

Her Cyborg Warriors

Interstellar Brides® Program: The Virgins

The Alien's Mate

His Virgin Mate

Claiming His Virgin

His Virgin Bride

His Virgin Princess

Interstellar Brides® Program: Ascension Saga

Ascension Saga, book 1

Ascension Saga, book 2

Ascension Saga, book 3

Trinity: Ascension Saga - Volume 1

Ascension Saga, book 4

Ascension Saga, book 5

Ascension Saga, book 6

Faith: Ascension Saga - Volume 2

Ascension Saga, book 7

Ascension Saga, book 8

Ascension Saga, book 9

Destiny: Ascension Saga - Volume 3

Other Books

Their Conquered Bride

Wild Wolf Claiming: A Howl's Romance

I LINK DI GRACE GOODWIN

Puoi seguire Grace Goodwin sul suo sito, sulla sua pagina Facebook, sul suo account Twitter, e sul suo profilo Goodread usando i seguenti link:

Web:

https://gracegoodwin.com

Facebook:

https://www.facebook.com/profile.php?id=100011365683986

Twitter:

https://twitter.com/luvgracegoodwin

Goodreads:

https://www.goodreads.com/author/show/15037285.Grace_Goodwin

L'AUTORE

Grace Goodwin è un'autrice di successo negli Stati Uniti e a livello internazionale, di romanzi di fantascienza e paranormali. I titoli dell'autrice sono disponibili in tutto il mondo in più lingue nel formato e-book, cartaceo, audio e app di lettura. Due migliori amiche, una l'emisfero destro e l'altra quello sinistro, compongono il pluripremiato duo di scrittrici Grace Goodwin. Sono entrambe madri, appassionate di escape room, avide lettrici e intrepide bevitrici delle loro bevande preferite. (Potrebbe esserci o meno una guerra tra tè e caffè in corso durante le loro comunicazioni quotidiane.) Grace ama ricevere commenti dai lettori.

Lightning Source UK Ltd.
Milton Keynes UK
UKHW020844051021
391705UK00013B/936

9 781795 903219